D1928904

Emely – total vernetzt!

LESE GÖREN

Patricia Schröder

EMELY – total vernetzt!

PLANET GIRL

In der Lesegören-Reihe ebenfalls erschienen:
Bianka Minte-König: Wo geht's lang, Girls?
Hortense Ullrich: Für alle Fälle – Luna

MIX
Papier aus verantwortungsvollen Quellen
FSC® C014496
www.fsc.org

Schröder, Patricia:
Lesegören
Emely – total vernetzt!
ISBN 978 3 522 50449 2

Umschlagillustration: Carolin Liepins
Umschlaglayout und -typografie: Maria Seidel
Innentypografie und Satz: Kadja Gericke
Schrift: Minion, KG Ten Thousand Reasons Alt
Reproduktion: Medienfabrik GmbH, Stuttgart
Druck und Bindung: GGP Media GmbH, Pößneck
© 2015 Planet Girl
in der Thienemann-Esslinger Verlag GmbH, Stuttgart
Printed in Germany. Alle Rechte vorbehalten.
3. Auflage 2015

www.patricia-schroeder.de

Neue Bücher entdecken, in Leseproben stöbern, tolle Gewinne sichern und Wissenswertes erfahren in unseren Newslettern für Bücherfans. Jetzt anmelden unter: www.planet-girl-verlag.de

Trübe Aussichten

»Es ist eine Katastrophe«, sage ich.

»Hm.« Anna nickt.

Sie lutscht auf einem vom Stiel abgebrochenen Riesenlolli herum, der ihren gesamten Mund ausfüllt, und ist daher gerade nicht in der Lage, etwas zu erwidern.

»Eigentlich sind es sogar zwei«, bekräftige ich.

Meine Freundin gibt ein schlürfendes Geräusch von sich und gleich danach etwas, das sich anhört wie »Mbwasch?«.

»Katastrophen«, sage ich. »Erstens dieses dusselige Website-Projekt und zweitens die Brille, die ich heute Nachmittag verpasst bekomme«, zähle ich auf.

Anna nickt, schüttelt dann aber sofort den Kopf.

Irritiert sehe ich sie an, woraufhin sie die Augen verdreht, auf den nächsten Schulhof-Mülleimer zusteuert und den Riesenlolli-Bonbon hineinspuckt.

»Na, hoffentlich hat Maylin das nicht gesehen«, sage ich.

Maylin geht in dieselbe Klasse wie Anna und ich. Sie ist total lieb, allerdings nicht immer die Schnellste im Kopf und sie hat eine wirklich schreckliche Angewohnheit. Sie kaut nämlich auf allem herum, was irgendwie zwischen ihre Lippen passt: Fingernägel, Haargummis, Lineale und natürlich Stifte. Dummerweise ist sie dabei jedes Mal so sehr in Gedanken, dass sie es nicht merkt, wenn sie ihren Füller verkehrt herum zwischen die Zähne gesteckt hat oder der Filzer bereits bis zu einem Drittel abgenagt ist. Das Ergebnis eines solchen Versehens ist meistens, dass Maylin hinterher eine schwarze, blaue oder grüne Zunge hat oder bunte Sprenkel auf den Lippen und um ihren Mund. Ganz schön peinlich jedenfalls!

Kein Wunder, dass sie *die* Zielscheibe für Hohn und Spott bei den Jungs und für nicht enden wollende Kicherattacken bei den Mädchen ist! Dabei bin ich, was meine Schusseligkeit betrifft, eigentlich auch kein Kind von Traurigkeit. Aber das fällt zum Glück nicht jedem immer so sehr auf. Bei den Jungs stehe ich vor allem wegen meines Tierspleens unter Beschuss – was mir allerdings ziemlich egal ist. Die haben sowieso keine Ahnung. Und kein Herz!

Trotzdem kann ich mir gut vorstellen, wie Maylin sich fühlt, wenn sie nahezu jeden Tag verspottet wird. Und letzte Woche kam Anna dann auf die Idee, ihr eine Tüte Mini-Lollis zu schenken, auf denen sie anstatt ihrer Stifte herumkauen könnte.

Natürlich hatten wir ein wenig Bedenken, dass sie dieses Angebot als Beleidigung auffassen und eingeschnappt reagieren würde. Doch – oh Wunder! – Maylin war total begeistert.

»Ihr seid echt süüüß!«, quietschte sie und fiel zuerst Anna und dann mir um den Hals. »Vielleicht gewöhne ich mir das mit den Stiften jetzt ja sogar ganz ab.«

Diese Hoffnung hatten wir insgeheim auch. Aber leider machten uns die Lehrer einen Strich durch die Rechnung. Die fanden Annas Idee nämlich alles andere als super.

»Während des Unterrichts wird nicht gegessen!«, stellte unsere Klassenlehrerin, Frau Schnacke, gleich nach dem Morgengruß klar. Maylin musste den Lolli »bis zur Pause beiseitelegen« und nagte sich während des Deutschunterrichts ein hübsches gelb-grünes Tupfentattoo auf die Lippen, das im weiteren Verlauf des Vormittags noch ein paar violette Sprenkel und dünne schwarze Krakelstriche bekam.

Die Jungs höhnten lustig weiter.

»Du sollst während des Unterrichts doch nichts essen«, feixte Julius gleich zu Beginn der zweiten großen Pause. »Der Blackliner hat bestimmt nach Spinnenbeinen geschmeckt, oder?«

Die Mädchen tuschelten und kicherten und Herr Kornelius, bei dem wir zuvor Erkunde hatten und der noch dabei war, seinen Kram zusammenzupacken, tat so, als würde er von nix was mitkriegen.

Maylin lief knallrot an und schnappte sich den Lolli, den sie auf ihrem Federmäppchen abgelegt hatte. Der pappte mittlerweile allerdings daran fest, und blöderweise hatte Maylin das Mäppchen nicht zugemacht, sodass jetzt all ihre Stifte klackernd auf dem Boden landeten.

Eine Lachsalve allererster Schadenfreudensgüte ging auf sie nieder und plötzlich ist in meinem Kopf eine Sicherung durchgebrannt.

»Mann, ihr seid so gemein!«, habe ich meine Mitschüler angebrüllt. »Maylin kann doch nichts dafür!«

»Ach nee«, erwiderte Julius und tippte sich an die Schläfe. »Dann ist sie wohl von einem Dämon besessen, der sie dazu zwingt, ihre Stifte zu essen und …«

»Das meine ich doch gar nicht«, habe ich ihn unterbrochen, »sondern die Sache mit dem Lolli und dem Federmäppchen. Wenn Frau Schnacke und Herr Kornelius ihr nicht verboten hätten …«

»Ach, hör doch auf, Emely Weltverbesserin!«, fuhr Julius diesmal mir dazwischen. »Du kannst eben keinen Spaß verstehen.«

»Allerdings«, habe ich ihn angeknurrt. »Jedenfalls nicht, wenn er auf Kosten von anderen geht!«

Ich war gerade dabei, mich so richtig aufzuplustern, da spürte ich, wie Anna an meinem T-Shirt zupfte. Sie kennt mich seit dem Kindergarten und blickte sofort, dass ich einen Tobsuchtsanfall bekommen würde, womit natürlich niemandem gedient gewesen wäre. Maylin wahrscheinlich sogar am wenigsten.

»Erst sind sie sauer auf dich und vergessen Maylin für eine Weile«, spekulierte Anna, als wir später auf dem Heimweg waren. »Aber irgendwann gehen sie richtig auf sie los.«

Und genau so war es dann auch. In den darauffolgenden Tagen lagen morgens früh und nach jeder Pause neue Stifte und massenweise Lollis auf Maylins Tisch.

Bangen Herzens warteten Anna und ich darauf, dass sie anfangen würde zu heulen und sich bei der Schulleiterin beschwerte, dass ihre Eltern antanzten oder noch fiesere Streiche passierten und alles immer schlimmer werden würde.

Doch das Gegenteil war der Fall.

Maylin heulte nicht und sie beschwerte sich auch nicht. Doppelstunde für Doppelstunde raffte sie die Lolli- und Stift-Geschenke zusammen und lieferte sie beim jeweiligen

Lehrer ab, mit dem Hinweis, sie hätte die Sachen auf ihrem Tisch gefunden, würde die Besitzer nicht kennen, die Sachen aber nicht behalten wollen.

Nach einer Woche riss Frau Schnacke die Hutschnur.

»Wenn das nicht aufhört, bekommt die ganze Klasse Nachsitzen«, drohte sie. »Nächsten Samstag von acht bis vierzehn Uhr. Und zwar alle … außer Maylin.«

Das wirkte. Ab sofort versiegte der Lolli- und Stiftesegen. Ein paar Tage lang gab es sogar weder Hohn noch Gekicher. Und dafür hat Maylin sich dann heute bei Anna mit einem Riesen-Lolli bedankt.

»Du hättest ihn nicht annehmen sollen«, sage ich jetzt. »Oder zu Hause lutschen.«

»Ich wollte Maylin eben eine Freude machen«, verteidigt sich Anna. »Du hast doch selber gesehen, wie sie gestrahlt hat.«

»Ja, und Julius auch«, brumme ich. »Ich wette, die nächste Zeit hast *du* ihn am Hacken. Und nicht Maylin.«

Anna schüttelt den Kopf. »Quatsch. Das hat den doch gar nicht interessiert.«

»Dann hast du offenbar nicht richtig hingeguckt. Oder Tomaten auf den Augen.«

»Womit wir wieder beim Thema wären«, erwidert Anna und reckt triumphierend ihren Arm in die Luft. »Die unvermeidbare Brillenkatastrophe der einzigartigen Emely Berlin.«

»Sehr witzig.« Ich stoße einen langen, tiefen Seufzer aus. »Und deshalb werde ab morgen wahrscheinlich *ich* Julius am Hacken haben. Und doch nicht du.«

Anna zwinkert mir aus ihren haselnussbraunen Augen zu. »Vielleicht steht er ja auf Brillenschlangen.«

»Hör mir bloß auf!«, stöhne ich.

Jungs sind nun echt kein Thema für mich. Schon gar nicht, was *das* angeht. Ich finde sie einfach nur nervig und werde wohl nie verstehen, was Annas vierzehnjährige Schwester Sarah an ihnen findet. Aber was soll ich machen? Sie sind nun einmal da. Bevölkern knapp die Hälfte unseres Klassenraums, beanspruchen auf Achterbahnen die vordersten und im Bus die hintersten Plätze, drängen sich immer und überall vor, beschmieren Klotüren, brüllen einem Löcher ins Trommelfell und riechen noch nicht einmal besonders gut. Für mich gibt es nur eine einzige Ausnahme. Die heißt Jonathan und die treffe ich heute Nachmittag auf dem Skateplatz.

Inzwischen haben Anna und ich den Fahrradunterstand erreicht. Meine Freundin kramt ihren Schlüsselbund mit dem zitronengelben Glitzeranhänger aus dem Seitenfach ihres Rucksacks und öffnet das Kettenschloss, mit dem sie mein Skateboard an der Sattelstange ihres Fahrrads befestigt hat.

»Die Brille wird keine Katastrophe werden«, orakelt sie. »Das Projekt, das die Schnacke uns aufgebrummt hat, allerdings schon.«

»Frau Schnacke ist eben ...«

»Kacke!«, vollenden wir im Chor, heben die Hände und geben uns fünf.

Anna wickelt die Kette ab, ich schnappe mir mein Skateboard und lasse das Schloss anschließend in meine schwarze Umhängetasche gleiten.

»Und die Brille wird doch eine Katastrophe«, sage ich,

setze meinen Fuß auf das Board, stoße mich ab und sause los. Ich beschreibe eine enge Kurve um den Fahrradunterstand und winke meiner Freundin zum Abschied zu.

»Ich schick dir ein Foto! Und dann darfst du entscheiden, ob ich morgen zur Schule kommen kann oder besser zu Hause bleibe.«

»Warum nimmst du mich nicht mit?«, brüllt Anna mir hinterher.

»Das weißt du ganz genau«, murmele ich, während ich lächelnd dabei zusehe, wie sie ihr schickes neues Citybike erklimmt. »Weil ich keine Lust habe, eines dieser angeblich so stylischen quietschbunten Monsterteile auf der Nase zu haben.«

Dann wende ich mich nach vorn – und erleide fast einen Herzstillstand.

»Emeeelyyy! Pass auf!«, höre ich Anna noch schreien, dann befinde ich mich bereits im Freiflug in Richtung Weißdornhecke. Ohne mein Skateboard natürlich, denn das wurde ziemlich abrupt von der Bordsteinkante abgebremst.

Ich schreie auf, paddele wie wild mit den Armen und schaffe es in letzter Sekunde, irgendwie auf den Füßen und nur mit einem Bein und einem Arm in der Hecke zu landen.

Nur wenige Augenblicke später ertönt neben mir das Quietschen einer Fahrradbremse. Anna lässt ihr Bike scheppernd zu Boden fallen und springt auf mich zu.

»Alles okay?«, fragt sie atemlos. »Hast du dir wehgetan?«

»Nein«, stöhne ich.

»Aber du blutest! Und dein Ärmel ist zerrissen!«

»Wo?«

»Da!« Anna umfasst mein rechtes Handgelenk und deutet auf meinen Unterarm.

»Mist!« Das T-Shirt hatte ich gerade erst meinem Bruder Teo abgeschwatzt.

»Egal«, meint Anna. Nachdem sie den Riss etwas genauer unter die Lupe genommen hat, lächelt sie mir aufmunternd zu. »Was kaputt ist, kann nur schöner werden. Und die Schramme darunter ist halb so wild.« Sie lässt meinen Arm los, schlägt die Klappe meiner Umhängetasche zurück und versenkt ihre Hand darin. »Hast du Tempos dabei?«

»Keine Ahnung«, sage ich, während ich mich verstohlen umgucke.

Wie viele meiner Klassenkameraden mein kleines Missgeschick wohl mitbekommen haben?

Ach, verdammt, Emely, und wenn schon!, denke ich mir. So etwas passiert doch jedem einmal. Und mir eben ein bisschen öfter. – Na und?

»Es wird wirklich allerhöchste Eisenbahn, dass du diese Brille bekommst«, brummt Anna. »Sonst fällst du eines schönen Tages noch in eine Gletscherspalte und schwuppdiwupp bist du futsch.«

Sie zieht ein Papiertaschentuch aus meiner Umhängetasche, schlägt es auseinander und tupft damit auf dem Kratzer herum, den ich mir an einer der langen, spitzen Weißdornstacheln zugezogen habe – und der ganz nebenbei auch dieses dusselige Loch in den Ärmel meines T-Shirts gerissen hat.

»Wir leben in Mitteldeutschland«, betone ich. »Hier gibt es nirgendwo Gletscherspalten.«

»Aber in den Alpen oder im Himalaya«, wendet Anna ein.

»Hallo!« Kopfschüttelnd sehe ich die beste und allseits besorgteste aller besten und besorgtesten Freundinnen unter der Sonne an. »Das ist kilometerweit weg von uns!«

»Schon … Aber es könnte doch sein, dass es dich irgendwann mal dorthin verschlägt«, gibt Anna zurück. »Zum Beispiel, wenn du Archäologin wirst.«

»Bestimmt nicht.«

»Oder Gletscherforscherin.«

»Anna!«

»Ja, ich weiß, du wirst Hunderetterin oder Delfinjägerjägerin oder …«

»Tierärztin«, beende ich ihre Aufzählung. »So wie deine Mutter.«

»Dazu brauchst du auch eine Brille«, entgegnet sie. »Sonst verpasst du die Betäubungsspritze nicht dem Hund, sondern womöglich noch deiner Assistentin. Oder du verwechselst die Halstropfen für Kleinvögel mit dem Hustensaft für Huftiere.«

»Sobald ich achtzehn bin, besorge ich mir Kontaktlinsen«, stelle ich klar, nehme Anna das Taschentuch aus der Hand und stopfe es in meine Hosentasche. »Dann kann meine Mutter mir die nämlich nicht mehr verbieten. Zufrieden?«

»Mhm.« Anna grunzt. »Und bis dahin trägst du eine coole Brille.«

»Ja, ja«, sage ich. »Mach ich.«

Den Kommentar, dass ich keinesfalls wegen mangelnder Sehfähigkeit gegen die Bordsteinkante gedonnert bin, sondern weil ich zu lange in die falsche Richtung geguckt habe, verkneife ich mir. Über manche Dinge kann man mit Anna nämlich einfach nicht vernünftig diskutieren.

Dienstags, donnerstags und freitags bleibt Moms immer bis zum bitteren Ende im *Dress 'n Veggies*. Und das heißt für uns – also meinen dreizehnjährigen Bruder Teo und mich –, dass wir nach der Schule entweder

– zu Oma und Opa Berlin fahren, das sind Pops' Eltern, und uns den Bauch mit Pfannekuchen vollschlagen,

– mit Pops irgendwo etwas essen gehen, das nicht zwangsläufig nur aus Pflanzen besteht,

– oder uns irgendwie selbst versorgen.

Um es gleich vorwegzusagen: Ich bevorzuge die Variante mit der Selbstversorgung. Keine Frage, ich liebe Pfannekuchen und ich liebe Oma und Opa Berlin, aber ich halte es unter gar keinen Umständen länger als eine halbe Stunde – höchstens! – mit meinem Bruder zusammen im selben Raum aus. Es ist schwer zu erklären, und wahrscheinlich verstehen es auch nur die, die wissen, wie es ist, einen Bruder zu haben. Egal! Teo ist einfach rrruaaarrr! Das muss an dieser Stelle reichen. Ohnehin werde ich nicht drum herumkommen, ihn hin und wieder zu erwähnen. Und dann werden mich auch die verstehen, die sich immer einen Bruder gewünscht haben. – Versprochen!

Heute ist Donnerstag. Morgen schreibt Teo eine Mathearbeit, und das bedeutet, dass er nach Unterrichtsschluss mit zu seinem Kumpel Hannes nach Hause fährt. Es besteht also keine Gefahr, dass meine Großeltern uns zu zwei Stunden *Stadt-Land-Fluss*, *Mensch ärgere dich nicht* oder *Monopoly* verdonnern.

Jaaa, richtig! Selbst das bringt mit meinem Bruder keinen Spaß. Bei *Stadt-Land-Fluss* gewinnt er immer und *Mensch ärgere dich nicht* hat er schlicht nicht verstanden. Er denkt nämlich, Ziel dieses Spiels sei es, die anderen vom Brett zu fegen. Tja, und bei *Monopoly* gibt es jedes Mal das größte Theater, weil Teo darauf besteht, dass er grundsätzlich die vier Bahnhöfe bekommt. Und zwar gleich zu Spielbeginn. Wer sich einigermaßen auskennt, kann sich ungefähr vorstellen, was das bedeutet: Noch ehe einer der anderen Spieler eine Straße komplett hat und anfangen kann, Häuser oder gar Hotels daraufzusetzen, ist er bereits pleite.

»Wieso lasst ihr euch überhaupt auf so etwas ein?«, hat Anna mich schon gefühlte tausend Mal gefragt, worauf ich ihr immer dasselbe geantwortet habe:

»*Monopoly* ist Opa Berlins absolutes Lieblingsspiel. Und er ist geradezu besessen von der Idee, innerhalb von zwei Runden sowohl das beliebte Doppel Badstraße/Turmstraße und Schlossallee/Parkstraße zu ergattern, ohne zwischendurch ins Gefängnis zu wandern und Einkommensteuer abdrücken zu müssen.«

»Das ist doch utopisch«, gab Anna jedes Mal zurück.

Mittlerweile habe ich es aufgegeben, ihr zu erklären, dass es dieses Wort für Opa Berlin nicht gibt. Na ja, jedenfalls nicht, wenn es ums *Monopoly*-Spielen geht. Eigentlich ist das Ganze eine Art Kampf zwischen ihm und meinem Bruder. Oma Berlin und ich müssten eigentlich gar nicht mitmachen. Das jedoch findet mein Opa ungemütlich. Tja, und so sitzen wir beiden Damen eben dabei, wie Oma Berlin immer so schön sagt, kaufen brav unsere Straßen und drücken Opa Berlin die Daumen, während Teo sich aufs Gemeinste ins Fäustchen lacht. Manchmal leiht er Opa Berlin sogar noch Geld, damit dieser sich sowohl die Turm- und Badstraße als auch die

Schlossallee und die Parkstraße kaufen kann. Doch spätestens, nachdem er das erste Haus gebaut hat, verlangt Teo alles auf einen Schlag wieder zurück, sodass unserem Großvater nichts anderes übrig bleibt als aufzugeben und eine Revanche zu verlangen.

»Heute nicht«, murmele ich.

Heute esse ich Pfannekuchen, bis ich platze, und danach lasse ich mir von Oma Berlin ein neues Häkelmuster zeigen, während Opa Berlin in aller Seelenruhe in seinem Schrebergarten werkeln kann.

Außerdem befindet sich der Skateplatz ganz in der Nähe der Luisenstraße, in der meine Großeltern wohnen. Und von dort ist es auch nicht weit bis zum Optiker. Praktischer geht es ja nun wirklich nicht!

Ich habe noch nicht einmal die Hälfte der Strecke bis zur U-Bahn-Station Am Pommernplatz hinter mich gebracht, als mein Smartphone losdudelt. *I see fire* von Ed Sheeran – Annas aktueller Lieblingssong. Eigentlich steh ich nicht so auf diese Art Musik, aber Anna hat mir das Lied letztens einfach als Klingelton runtergeladen, als ich auf dem Klo war und mein Handy unbeaufsichtigt auf meinem Bett lag. Am liebsten hätte ich es sofort wieder gelöscht, aber dann wäre Anna wahrscheinlich tagelang beleidigt gewesen. Und das wiederum wäre mir echt zu anstrengend geworden.

Ich verlagere das Gewicht abrupt nach hinten, mache eine Vollbremsung, indem ich den hinteren Fuß über den Boden schleifen lasse, springe vom Skateboard und fange es mit der rechten Hand auf. Oder besser gesagt, ich versuche es – und beinahe hätte es auch geklappt. Leider erwische ich das Brett nur mit den Fingerspitzen, sodass es mir sofort wieder entgleitet und auf den Radweg hinunterpoltert.

»Pass doch auf, dumme Kuh!«, brüllt eine Stimme, im nächsten Moment braust ein Typ mit schulterlangen blonden Locken und einer BVB-Baseballkappe auf einem schwarzen Rennrad haarscharf an mir und meinem Skateboard vorbei.

»'tschuldigung«, murmele ich. »Mein Name ist Schussel. Tut mir echt leid, dass ich dem verehrten Herrn Rollt-den-Teppich-aus-hier-komme-ich im Weg war.«

In Wahrheit tut mir natürlich gar nichts leid. Der Typ war nämlich garantiert nicht älter als Teo und gehört außerdem unter den Oberbegriff »Junge« und damit zum unterbelichteten Teil der Erdbevölkerung.

Ich schnappe mir das Board, flüchte mich in den nächsten Hauseingang und krame mein Smartphone hervor. Im selben Augenblick versiegt Ed Sheeran und ich stelle fest, dass ich einen Anruf von meinem Vater verpasst habe.

Na ja, wird schon nicht so wichtig gewesen sein. Bestimmt wollte er nur wissen, ob ich heute bei Oma und Opa Berlin zu Mittag esse.

Weil ich keine Lust habe, von der Straße aus mit ihm zu telefonieren, schreibe ich ihm eine kurze Nachricht über WhatsApp.

Ich habe sie kaum abgeschickt, da ploppt auch schon seine Antwort rein.

Em, du kannst heute nicht zu O+O.

Hä? Wieso denn das nicht?

Noch während ich überlege, ob ich Pops – peinlich hin

oder her – vielleicht doch besser anrufe, trällert *Ed Sheeran* bereits ein zweites Mal los. Ich drücke mich möglichst tief in den Hauseingang und stelle dann die Verbindung her.

»Popsi, warum …?

Weiter komme ich nicht.

»Kannst du in einer Viertelstunde am Tierpark sein?«, will mein Vater wissen.

Nein. »Wieso?«

»Ich hol dich an der U-Bahn-Station ab. Wir gehen ins *Di Angelo* und reden«, erwidert er.

»Das klappt nicht«, sage ich. »Ich krieg heute meine Brille. Außerdem bin ich nachher noch mit Jonathan verabredet.«

»Sag ihm ab.«

Was? »Aber …?«

»Bisher bist du ohne Brille zurechtgekommen, da wird es wohl auf einen Tag mehr nicht ankommen.«

»Das erklär mal Moms«, falle diesmal ich meinem Vater ins Wort.

»Mach ich«, verspricht er.

Okaaay … »Was ist denn überhaupt los?«, frage ich.

»Bis gleich«, erwidert Pops ausweichend. »Macht nichts, wenn es etwas länger dauert. Ich warte vor dem Eingang auf dich.«

Und weg ist er!

Kopfschüttelnd stecke ich das Handy in meine Umhängetasche zurück. Ich kann mir nicht helfen, aber irgendwie hat mein Vater sich ziemlich seltsam angehört.

Auweia! Wenn da mal nicht bereits Katastrophe Nummer drei lauert.

Unliebsame Überraschungen

Als ich am Pommernplatz ankomme, fährt mir die U-Bahn in Richtung Tierpark direkt vor der Nase weg. – Mist!

Seufzend lasse ich mich neben einem älteren Herrn in eine der grauen Plastiksitzschalen fallen, stelle das Skateboard auf den Hinterrollen ab und lehne es gegen meine Knie. Anschließend krame ich mein Smartphone hervor und schicke Jonathan eine WhatsApp.

Der optiker fällt flach. Hättest du morgen auch zeit?
Es dauert eine Weile, bis er mir zurückschreibt. Wahrscheinlich brütet er gerade über den Hausaufgaben.

Was ist los?, erkundigt er sich.

Mein vater will iwas mit mir bequatschen, tippe ich. *Ist bestimmt nicht so wichtig. Weißt ja selbst, wie eltern manchmal sind. Hast du denn nun zeit oder nicht?*

Für dich doch immer, baby ;), kommt es prompt von Jonathan zurück.

Inzwischen rollt die nächste U-Bahn ein. Es ist eine Linie, die nicht am Tierpark hält. Ich beschließe, sie trotzdem zu nehmen. Dann muss ich eben am Hauptbahnhof umsteigen.

Plötzlich sprintet jemand auf mich zu, ergreift mein Skateboard und rennt weiter.

»He!«, brülle ich los. »Was soll denn das?«

»Frechheit!«, wettert der Opi neben mir und hebt drohend seinen Spazierstock.

Ich springe auf und flitze dem Typen hinterher, registriere schwarze Sneaker, die über das Pflaster des Bahnsteigs fliegen, dazu helle Jeans, Skaterjacke und eine schwarz-gelbe Basketballkappe, unter der blonde Locken hervorlugen. Verdammt, und ich dachte, der Blödmann ist weitergefahren! Stattdessen hat dieser Mistkerl mir irgendwo aufgelauert und mich verfolgt, um mir mein Brett zu klauen!

Unbändiger Zorn kocht in mir hoch, aber der reicht nicht, um aus mir Superwoman zu machen. Der Typ legt ein irres Tempo vor, es ist völlig unmöglich für mich, ihn einzuholen, und ehe ich michs versehe, taucht er auch schon hinter einer Gruppe in dunkle Anzüge gekleidete Japaner ab und ist verschwunden.

»Sch…!«, fluche ich, bleibe abrupt stehen und überlege.

Was würde Anna an meiner Stelle tun? Was Jonathan?

Vergiss es, höre ich die Stimme meiner Freundin.

Hinterher!, brüllt Jonathan.

Klar, *er* hätte vielleicht sogar eine reelle Chance, den Typen noch zu fassen zu kriegen – aber ich? Nein! Kurz entschlossen entscheide ich mich für Annas Rat und flutsche gerade eben noch rechtzeitig in die U-Bahn, bevor die Türen sich schließen.

Die Bahn fährt an und ich laufe langsam weiter nach vorne durch, damit ich am Hauptbahnhof möglichst in der Nähe der Rolltreppen aussteigen kann. Um weiter in Richtung Tierpark zu fahren, muss ich dort nämlich den Bahnsteig wechseln.

Kurz bevor der Zug die nächste Station erreicht, finde ich einen leeren Einzelplatz. Ich lasse mich daraufplumpsen und versuche zu überschlagen, wie viel Geld sich inzwischen wohl auf meinem Sparkonto befindet und ob eventuell ein neues Skateboard drin wäre.

Von Pops kriege ich fünfundzwanzig Euro Taschengeld im Monat und damit bin ich bisher immer ausgekommen. Kino- und Schwimmbadgeld gibt es extra, und hin und wieder, wenn ich mir mal ein teures Buch oder ein Paar neue Dr. Martens wünsche, steckt Moms mir noch was zu. Viel brauche ich sowieso nicht. Meine Klamotten trage ich, bis sie mir nicht mehr passen oder auseinanderfallen. Hin und wieder erbe ich ein schwarzes T-Shirt von Teo, was allerdings immer mindestens dreimal gewaschen werden muss, bevor ich es an meine Haut lasse.

Anna ist da ganz anders. Sie stylt sich unheimlich gerne auf. Ihr Kleiderschrank platzt aus allen Nähten und trotzdem freut sie sich jedes Mal wie Bolle, wenn sie eine Bluse oder ein Kleid von Sarah abstauben kann. Ein gemeinsames Klamotten-Hobby haben wir lustigerweise dennoch. Anna und ich tragen unheimlich gerne Mützen, Käppis oder Tücher, und die sind allesamt selbstgemacht. Zwei- bis dreimal in der Woche hocken wir bei uns im Bastelzimmer zusammen und häkeln, stricken, sticken und nähen, was das Zeug hält. Jeden ersten Samstag im Monat grasen wir unseren Lieblingsflohmarkt nach alten Knöpfen, Perlen, Troddeln und Borten ab, mit denen wir dann die Mützen oder auch unsere Klamotten aufpeppen. Der größte Teil meines Taschengelds geht dafür drauf.

Das Sparbuch besitze ich seit meiner Geburt. In unregelmäßigen Abständen zahlen meine Eltern, Oma und Opa Berlin oder meine Großeltern aus London etwas darauf ein. Ich habe nicht den Schimmer einer Ahnung, welche Summe über die Jahre dabei zusammengekommen ist.

Ein brauchbares neues Skateboard kostet mindestens hundert bis hundertfünfzig Euro, ein Profi-Longboard sogar noch mehr. Die Frage ist allerdings, ob ich ein solches Teil überhaupt brauche. Wenn man sich damit auf die Nase legt, ist es nämlich gleich doppelt peinlich.

Außerdem liebe ich mein altes Board über alles. Auf ihm habe ich vor drei Jahren das Skaten gelernt. Ohne es wäre ich nie auf dem Skateplatz gelandet und dann hätte ich wahrscheinlich auch Jonathan niemals kennengelernt. Ach, herrje, ich hätte diesen blöden sch… Dieb *doch* verfolgen sollen! Wenn ich mich nur ein bisschen mehr angestrengt und wirklich alles gegeben hätte, hätte ich ihn bestimmt geschnappt.

Woah, Emely! Was bist du bloß für ein blödes Huhn!, beschimpfe ich mich selber. Wieso kämpfst du nicht für das, was dir wichtig ist?

Abermals steigt glühender Zorn in mir auf. Meine Muskeln spannen sich und meine Hände ballen sich ganz automatisch zu Fäusten. Ich presse meine Stirn gegen die Scheibe und blicke grimmig in die hell erleuchtete U-Bahn-Station, in die wir just vor einem Augenblick eingefahren sind.

Die Türen öffnen sich schnaufend. Unzählige Menschen strömen auf den Bahnsteig hinaus oder in den Zug hinein. Und als die Reihen sich lichten, sehe ich ihn: Den verfluchten Mistkerl von einem Dieb.

Mit einem breiten Grinsen im Gesicht steuert er direkt auf mein Fenster zu, klopft gegen die Scheibe und streckt mir die Zunge heraus.

Scheibenkleister noch mal, der muss ebenfalls in dieser Bahn gewesen sein. Vielleicht sogar im selben Wagen. Und ich Döspaddel habe ihn nicht bemerkt!

Im Nullkommanix bin ich aufgesprungen. Mit langen Sätzen hechte ich zur Tür und remple dabei versehentlich eine Frau an.

»'tschuldigung!«, rufe ich und renne weiter.

»Eine Unverschämtheit ist das!«, brüllt sie mir hinterher. »Tobt euch doch im Schwimmbad oder im Sportverein aus!«

Nichts lieber als das, denke ich und renne weiter. Nur noch zwei Schritte und – die Tür schließt sich vor meiner Nase.

»Nein!«, stoße ich aus, drücke wie bekloppt auf dem Öffnerknopf herum und versuche die Finger meiner anderen Hand zwischen die Türgummis zu schieben.

Plötzlich packt mich jemand von hinten am Hosenbund und zerrt mich zurück.

»Bist du verrückt geworden?«

Jonathan!

Ich wirbele herum. »Was machst du denn hier?«

»Von der Schule nach Hause fahren«, erwidert er trocken. »Zufälligerweise ist das meine Linie. Etwa schon vergessen?«

»Klar … ähm, nee, äh …«, stammele ich. Völlig von der Rolle starre ich ihn an. »Der Typ da draußen hat mein Skateboard geklaut.«

»Was?« Jonathans Blick verfinstert sich. »Welcher Typ?«

»Na, der!«

Ich deute über meine Schulter zurück. Im selben Moment geht ein Ruck durch die Bahn. Ich verliere das Gleichgewicht und lande in Jonathans Armen.

»Du bist aber stürmisch heute«, sagt er, woraufhin ich mich hastig wieder von ihm löse und ihm einen freundschaftlichen Klaps gegen die Schulter verpasse. »Blödi.«

»Vielen Dank, die Dame«, brummt Jona und seine hellgrauen Augen blitzen übermütig. »Und jetzt mal Klartext: Welcher Typ hat dein Brett geklaut? Wo ist er und wann kann ich ihm eins auf die Nase hauen?«

»Gar nicht«, gebe ich zurück und deute zum Fenster hinaus.

Der Typ mit der BVB-Kappe läuft neben der anfahrenden U-Bahn her und hält mein Skateboard dabei triumphierend hoch.

»Verdammt, den kenne ich!«, knurrt Jonathan.

»Ach ja? Und woher?«

Mein bester Freund und Superkumpel kneift grübelnd die Augen zusammen und schüttelt schließlich den Kopf. »Weiß nicht.«

»Na, hör mal«, sage ich. »Du hast doch keine Löcher im Gehirn.«

»Offensichtlich schon«, murmelt er und reibt sich über die Stirn. »Ich komm einfach nicht drauf.«

Ich winke ab. »Macht nix. Der ist sowieso über alle Berge.«

»Schon … aber wenn ich drauf käme, wer er ist, dann …«

»Vielleicht fällt es dir ja noch ein«, äußere ich wenig hoffnungsvoll.

Bestimmt hat er ihn einfach mal irgendwann in der Stadt gesehen und bildet sich jetzt bloß ein, ihn zu kennen. Aber das sage ich lieber nicht. Ohnehin bleibt keine Zeit zum Diskutieren. Der nächste Stopp ist Hauptbahnhof. Dort steige ich aus, während der gute alte Jona noch fünf Stationen vor sich hat.

»Wo ist denn eigentlich dein Rad?«, frage ich, nachdem ich sein knallblaues BMX-Cycle nirgends entdecke.

Jonathan kratzt sich im Nacken und weicht meinem Blick aus. »Zu Hause.«

»Aber du bist noch nie ohne dein Rad vor die Tür gegangen«, sage ich halb verwundert, halb alarmiert.

»Irgendwann ist eben immer das erste Mal«, entgegnet Jona schulterzuckend.

Er versucht lässig zu wirken, aber ich kenne ihn viel zu gut, um nicht zu merken, dass er damit nur seine Unsicherheit überspielen will. Seine Lider flackern etwas zu schnell. Außerdem zieht sich eine verdächtige Röte über seine Wangen.

»Es ist doch hoffentlich nicht ebenfalls gestohlen worden?«, hake ich nach.

»Quatsch!« Jonathan lacht auf und schüttelt den Kopf. »Es ist nur …« Wieder dieses blöde Nackenkratzen. »… es wäre mir heute bloß im Weg gewesen.«

»Aha«, sage ich. »Und wobei, wenn ich fragen darf?«

»Klar darfst du.«

Zu Flackerlidern und den Tomatenwangen gesellt sich jetzt auch noch ein ziemlich dämliches Lächeln, das mir so bei Jona noch nie aufgefallen ist.

»Was ist denn los?«, frage ich ein wenig genervt darüber, dass ich ihm heute jeden Wurm einzeln aus der Nase ziehen muss. Das ist nämlich wirklich ungewöhnlich. Normalerweise plappert Jonathan wie ein Wasserfall. Und dann fällt mir plötzlich noch etwas auf. »Hast du nicht donnerstags eigentlich schon nach der vierten Schluss?«

Mittlerweile ist es zwanzig nach eins und im Grunde müsste Jonathan längst zu Hause sein. Nicht umsonst habe ich vorhin, als ich ihm via WhatsApp geschrieben habe, gedacht, dass er über irgendwelchen Hausaufgaben brütet.

»Haarscharf kombiniert«, sagt Jonathan und das dämliche Lächeln wird zu einem vertrauten Jona-Grinsen. Aber davon lasse ich mich nicht beeindrucken.

»Und was machst du dann um diese Zeit in der Bahn?«, bohre ich nach.

Anstatt mir zu antworten, deutet Jonathan zum Fenster, durch das bereits die Bahnsteige der Haltestelle Hauptbahnhof zu sehen sind.

»Du musst raus, Em.«

»Blödi«, sage ich noch einmal, rücke den Trageriemen meiner Umhängetasche zurecht, und reihe mich in die Schlange an der nächsten Tür ein.

»Ich erzähl's dir nachher!«, ruft mein Kumpel mir nach. »Und dein Skateboard wirst du schon wiederkriegen.«

»Ich kann heute nicht«, rufe ich zurück. »Hab ich dir doch geschrieben.«

»Dann telefonieren wir halt«, ist das Letzte, was ich von ihm höre, eine Sekunde später werde ich etwas unsanft auf den Bahnsteig hinausgeschoben. – Natürlich von der Frau, die ich vorhin versehentlich angerempelt hatte.

Ohne mein Skateboard fühle ich mich wie amputiert. Pops, der vor dem Eingang des Tierparks schon ziemlich ungeduldig auf mich wartet, fällt auch gleich auf, dass ich nicht »ganz rundlaufe«.

»So ein Typ hat mir mein Brett geklaut«, eröffne ich ihm.

Auf Pops' Stirn bildet sich eine Zornesfalte. »Wie bitte?«

»Ja, stell dir vor«, stöhne ich. »Am Pommernplatz … als ich gerade dabei war, Jonathan eine WhatsApp zu schreiben. Wahrscheinlich hat dem Typ das Deck gefallen.«

»Emely! Das Ding ist schwarz wie die Nacht.«

»Genau.«

»Ohne jede Verzierung«, betont Pops.

»Eben«, sage ich.

»Wer will *so* ein Deck? Kannst du mir das erklären?«

Ich öffne den Mund, aber mein Vater lässt mich nicht zu Wort kommen.

»Man muss schon zu Depressionen neigen«, brummt er.

»Vielen Dank«, knurre ich. »Zufälligerweise ist schwarz meine Lieblingsfarbe. Ich habe die Verzierungen, die sich auf der Unterseite befanden, *extra* mit schwarzem Lack übersprüht. Vielleicht erinnerst du dich …?«

»Mhm, *dunkel*, ja …«, erwidert er nachdenklich. Dann zieht er eine dieser Grimassen, mit denen sich einer seiner berühmten Scherze ankündigt. »Muss an der Farbe gelegen haben.« In seinen grünbraunen Augen blitzt es übermütig.

»Haha, sehr witzig.«

»Na ja«, meint Pops. »War ja sowieso ein altes Ding.«

»Eben«, sage ich. »Es gibt Leute, die sammeln so was.«

»Okay, Prinzessin, aber zu denen gehörst du ja nicht, oder?« Er schiebt seine Hand unter meinen Seitenzopf, sodass sie jetzt warm und stark in meinem Nacken liegt. »Will sagen: Ich spendier dir ein neues.«

»Ach Pops«, sage ich gerührt. »Das ist total lieb, aber ich liebe mein Brett. Und ich habe keine Depressionen, falls du das denkst!«

»Schon klar«, erwidert er und küsst flüchtig meine schwarze Häkelmütze, deren Rand ich mit sechseckigen Silbernieten verziert habe. »Trotzdem ist es manchmal einfach an der Zeit, etwas Neues auszuprobieren. Und wenn man das selber nicht erkennt, zwingen einen eben die äußeren Umstände dazu.«

»Hmm.«

Ich atme den vertrauten herbstfrischen Shampoo-Duft ein, der seinen kurzen dunklen Haaren entströmt, und seufze leise.

Pops redet ein wenig blumig. Das Problem dabei ist, dass man es nicht immer gleich versteht und es deshalb ständig zu blöden Missverständnissen kommt. Moms, die niemals auf die Idee käme, mich Prinzessin zu nennen (Es gibt wirklich kaum etwas, das abwegiger ist!) und sich immer klar und deutlich ausdrückt, hat für solche Schnörkeleien überhaupt nichts übrig. Weshalb zwischen Pops und ihr auch nicht immer alles Friede, Freude, Eierkuchen ist.

»Was hast du eigentlich hier gemacht?«, frage ich ihn, weil ich keine große Lust habe, die Themen Skateboard und äußere Umstände zu vertiefen. Beides erinnert mich nämlich viel zu sehr an Jonathan und seine komische Geheimnistuerei eben in der U-Bahn.

Pops hat seine Fototasche und ein Stativ dabei, woraus ich schließe, dass er gerade jobmäßig unterwegs ist.

»Ich habe Löwen, Elefanten und Delfine fotografiert.«

»Was?«, stoße ich aus und zeige auf die hohe, dichte Hecke, hinter der sich der Tierpark befindet. »Etwa da drin?«

Anstatt mit einem Ja oder Nein meine Frage zu beantworten, sagt Pops: »Ach, eine Giraffe war übrigens auch dabei. Sie hat etwas ziemlich Lustiges angestellt.« Er schaltet seine Kamera ein und drückt auf den Suchlauf. »Willst du es sehen?«

»Nein!«

»Aber es war wirklich saukomisch.«

»Pops! Giraffen haben ja wohl echt Besseres zu tun, als in winzigen Tierparks herumzustehen und die Zuschauer zu amüsieren«, mache ich meiner Empörung Luft.

Pops lässt die Kamera sinken. »Da gebe ich dir uneingeschränkt recht, Prinzessin«, pflichtet er mir bei, während er sich langsam in Bewegung setzt. »Und jetzt lass uns ins *Di Angelo* gehen. Ich habe nämlich einen Bärenhunger. Teo kommt übrigens auch«, setzt er nach einem kurzen Zaudern hinzu.

»Und das sagst du mir erst jetzt?«, knurre ich.

Pops zwinkert mir zu. »Wärst du denn gekommen, wenn du es vorhin schon gewusst hättest?«

»Natürlich nicht!«

»Ich verstehe nicht, wie man so intolerant sein kann«, meint er und knufft mich gegen die Schulter. »Teo war immerhin zuerst da.«

»Na und?«

»Er hat dich geliebt, als du ein Baby warst.«

»Jaaa … klar.« Ich nicke übertrieben.

»Das ist die Wahrheit«, beteuert Pops und hebt seine Finger zum Schwur.

»Und jetzt lieben die Mädchen ihn«, brumme ich.

»Ich kann nicht erkennen, was daran so verkehrt sein soll«, entgegnet mein Vater schulterzuckend. »Du solltest es ihm gönnen.«

Das würde ich ... vielleicht. Wenn dieser Umstand nicht auf eine vollständige Gehirnaufweichung bei meinen Artgenossinnen hindeuten würde. Und das will ich unter gar keinen Umständen akzeptieren.

»Also, ich kann das verstehen«, plappert Pops munter weiter. »Teo sieht schließlich sehr gut aus. Genau wie Jonathan.«

Was?! »Das wüsste ich aber.«

»Offenbar nicht.« Mein Vater bleibt unvermittelt stehen und deutet auf die gegenüberliegende Straßenseite. »Da ist er ja schon!«, ruft er und fängt wie verrückt an zu winken. »Hallo, Teo!«

Ich kneife die Augen zusammen und blinzele gegen das Sonnenlicht.

Mein Bruder lehnt lässig neben seinem Fahrrad am Zaun vor der Pizzeria – umrundet von drei Mädchen in Jonathans Alter.

Natürlich winkt Teo nicht zurück. Wär ja auch voll peinlich.

»Na, dann komm«, sagt Pops, fasst mich am Arm und zieht mich über die Straße.

Kurz bevor wir die Bordsteinkante erreichen, mache ich mich los und flitze an Teo und seinem Mädels-Fanclub vorbei. Ich betrete die Pizzeria, rufe Gianluca und Chiara, die wie üblich hinter dem Tresen stehen, ein »Ciao!« zu und husche dann sofort auf die große Holzveranda hinaus, um nachzuschauen, ob unser Stammplatz noch frei ist.

»Keine Sorge, Angelina, dein Vater hat reserviert«, ertönt Gianlucas Stimme hinter mir. »Wie immer.«

Er ist der Inhaber des *Di Angelo* und unser persönlicher Chefkellner.

»Ich heiße nicht Angelina«, stelle ich klar, obwohl ich weiß, dass es völlig sinnlos ist und ich sowieso immer die gleiche Antwort bekomme.

»Oh, wie konnte ich das nur vergessen, Signorina Emely, mia angelina bellissima!«, wirft Gianluca sich in die Brust. »Glaube mir, in der ganzen Stadt gibt es kein schöneres Engelchen als dich.«

Er macht das total übertrieben, spricht laut und extrem betont und wedelt dabei theatralisch mit den Armen.

Pops findet das irre lustig. Er ist der festen Überzeugung, dass Gianluca damit seine Landsleute auf die Schippe nehmen will. Ich dagegen glaube eher, dass Gianluca tatsächlich so ist, ein echter Vollblutitaliener eben.

»Stimmt nicht«, widerspreche ich. »Manchmal vergisst Pops auch zu reservieren.«

»Ja, aber nicht heute«, teilt Gianluca mir mit überschwänglicher Geste mit. »Denn heute ist ein ganz besonderer Tag.«

»Hat er das gesagt?«, frage ich und lasse mich auf meinen Stammplatz fallen.

»Allerdings, mia angelina bellissima!«, sagt Gianluca, streicht mit flinken Bewegungen die Tischdecke glatt und reicht mir mit einem geradezu glückseligen Strahlen in den dunklen Augen die Speisekarte. »Bitte sehr! Ich schätze mal, heute darf das kleine Engelchen so viel vom Allerbesten essen, wie es will.«

»Aha …?«

Verdattert nehme ich die Karte entgegen und überlege fieberhaft, ob ich womöglich einen wichtigen Geburtstag oder Jubiläumstermin vergessen habe.

Nein, gesundes veganes Essen hin oder her, aber dann wäre Moms garantiert auch mitgekommen. Niemand von uns wurde im Sommer geboren, auch Oma oder Opa Berlin nicht. Das *Dress 'n Veggies* wird im Herbst drei Jahre alt und Pops hat irgendwann im Frühjahr seine Arbeitsstelle gewechselt. Ich habe wirklich keine Ahnung, was es zu feiern geben könnte. Dass ausgerechnet der Chef vom *Di Angelo* mehr weiß als ich, macht mich richtig fuchsig.

»Ich hätte gerne eine Kräuter-Bionade. Und eine Pizza mit Paprika und Oliven. Wie immer«, betone ich und gebe Gianluca die Karte zurück.

»Bitte sehr, ganz wie die hübsche kleine Signorina es wünscht«, erwidert er und tritt einen Schritt zurück. Im selben Moment tauchen Pops und Teo in der Verandatür auf.

Mein Bruder lächelt so breit wie ein Honigkuchenpferd. Wahrscheinlich haben ihm die gehirnerweichten Mädels dieses Dauergrinsen ins Gesicht gemeißelt.

»Hey, Emme-Emely!«, ruft er und kloppt mir so doll auf die Schulter, als wäre ich kein elfjähriges Mädchen, sondern ein muskelbepackter, kanadischer Holzfäller. »Du wirst es nicht für möglich halten, aber Oma Berlin hat im Lotto gewonnen.«

Geheimniskrämerei

Ist ja der Wahnsinn!, antwortet Jonathan mir über WhatsApp. *Hast du eine Ahnung, wie viel sie gewonnen hat? 1 Mio. mindestens, oder?*

Inzwischen ist es kurz vor drei Uhr nachmittags und ich sitze wieder in der U-Bahn auf dem Weg zurück zum Hauptbahnhof. Natürlich musste ich diese Neuigkeit sofort meinen beiden besten Freunden mitteilen. Jonathan hat sofort reagiert, Anna befindet sich leider im Offline-Modus. Sicher ist, dass ich einen von beiden heute noch treffen muss. Sonst drehe ich nämlich durch. Und zwar nicht vor Freude.

Keine Ahnung, schreibe ich zurück. *Auf jeden Fall 6 Richtige mit Superzahl.*

Das ist 1 Mio. Mindestens! Was macht sie damit? Kriegst du was ab? Oh Mann, du kannst dir jetzt garantiert das geilste Board der Welt kaufen.

Mein bester Kumpel ist völlig aus dem Häuschen. Klar, wäre ich ja auch – wenn die Sache mit dem Lottogewinn das Einzige gewesen wäre, was Pops mit Teo und mir zu besprechen gehabt hätte.

Ich weiß es nicht, tippe ich. *Und ein neues Skate interessiert mich gerade ehrlich gesagt am wenigsten.*

Wie jetzt?, kommt es von Jona. Und dann: *Scheiße, was ist passiert?*

Das heißt Sch …, schreibe ich. Nicht, um klugzusch…, sondern um Zeit zu gewinnen. In meinem Kopf purzelt alles durcheinander. Ich habe Herzrasen und kann nicht klar denken. Am liebsten würde ich schreien … aber ganz bestimmt nicht hier in der U-Bahn.

Kann ich zu dir kommen?, frage ich.

Ich bilde mir ein, Jonas' Drucksen durch mein Smartphone hindurch spüren zu können. Wie gebannt starre ich aufs Display.

Bitte! Bitte! Bitte!, beschwöre ich es.

Klar, erscheint auf der Bildfläche. *Wie lange brauchst du? Halbe Stunde?*

Ich atme auf. Na, super. Geht doch!

Am Hauptbahnhof habe ich direkt Anschluss, sodass ich bereits knapp zwanzig Minuten später in der Lärchenallee 128 vor Jonathans Haustür stehe.

»Tut mir leid, Emely«, verkündet seine Mutter durch die Sprechanlage, »aber Jona ist nicht da.«

»Oh!«, sage ich. »Aber wir sind doch verabredet.«

»Hm, na ja, dann kommt er sicher gleich«, meint Frau Drosse. »Möchtest du in seinem Zimmer auf ihn warten?«

Sie hat die Frage noch nicht ganz ausgesprochen, da ertönt bereits der Summer. Ich drücke die Tür auf und nehme zwei Stufen auf einmal die Treppen bis in den dritten Stock hinauf. An der Wand neben der Wohnungstür lehnt sein knallblaues BMX.

Das ist ja wirklich obermerkwürdig, denke ich, stutze kurz

und wende mich dann seiner Mutter zu, die mir in diesem Moment öffnet. Sie scheint mir meine Verwunderung anzusehen, denn nun lächelt sie und witzelt: »Ich habe eigentlich auch gedacht, dass Jona das Laufen längst verlernt hat. Zumindest, was die Fortbewegung außerhalb unserer vier Wände angeht. Aber heute Morgen ist er tatsächlich ohne seine zwei Räder losgezogen.«

»Aber …«, stammele ich, denn jetzt kapiere ich überhaupt nichts mehr. Kopfschüttelnd trete ich in den schmalen Flur. »Ist er denn über Mittag gar nicht zu Hause gewesen?«

»Nein.« Frau Drosse schließt die Tür hinter mir. »Er hatte eine Verabredung.«

»Aha«, sage ich. »Mit wem denn?«

Außerhalb des Skateplatzes hat Jonathan nämlich kaum Freunde. Manchmal trifft er sich mit einem Klassenkameraden zum Lernen. Timo heißt der. Aber bei dem wird er wohl kaum sein. Denn dann hätte ich die beiden vorhin bestimmt zusammen in der U-Bahn angetroffen.

»Das hat er mir nicht gesagt«, erwidert seine Mutter leise seufzend. »Du weißt ja, dass Jona mir gegenüber nicht besonders mitteilsam ist. Ich könnte mir allerdings vorstellen, dass es mit diesem Skaterwettbewerb zu tun hat«, setzt sie nach kurzem Überlegen hinzu.

Na, das wird ja immer schöner! Von einem Wettbewerb hat Jonathan bisher nämlich kein Sterbenswörtchen erwähnt. Dass seine Mutter plötzlich besser informiert zu sein scheint als ich, versetzt mich in allerhöchste Alarmbereitschaft.

»Mhm, vielleicht«, sage ich und zucke möglichst gleichmütig mit den Schultern.

Frau Drosse soll auf keinen Fall merken, dass ich völlig von der Rolle bin. In meinem Kopf fliegt jetzt nämlich endgültig alles durcheinander. Ich bin mir nicht einmal mehr sicher, dass mein Gehirn noch vollständig vorhanden ist. Einen Moment lang sind meine Beine sogar drauf und dran, einfach umzudrehen und mich zu Anna zu bringen, damit ich mit ihr über alles reden kann. Doch zum Glück besinne ich mich sofort wieder.

Jonathan ist Anna schon ewig ein Dorn im Auge. Bestimmt wartet sie nur auf eine Gelegenheit, ihn mir endlich mal so richtig madigzumachen. Sie versteht nämlich nicht, wie ich mit einem Jungen befreundet sein kann. So ohne Verknalltsein und das ganze Gedöns. Und wenn ich ehrlich bin, würde es mir an ihrer Stelle wahrscheinlich genauso gehen.

»Du hast doch mich«, sagt sie immer. »Ich bin deine beste Freundin. Mit mir kannst du über alles reden.«

Aber genau das kann ich eben nicht.

Erstens versteht Anna nichts vom Skaten. Sie betrachtet mein Brett als reines Fortbewegungsmittel. Für sie ist es nichts anderes als ein ganz normales Fahrrad. Außerdem ist sie felsenfest davon überzeugt, dass ich viel zu tollpatschig bin, um jemals irgendwelche kniffligen Moves hinzukriegen, ohne mir dabei sämtliche Knochen zu brechen.

Ja, und zweitens brauche ich jemanden, mit dem ich reden kann, wenn ich mit Anna Stress habe. Das kommt zwar selten vor, dafür ist es umso heftiger, wenn es mal passiert.

Mit Jonathan habe ich mich noch nie gestritten. Wir verstehen uns einfach blind. Für mich ist er so etwas wie ein Bruder und manchmal glaube ich tatsächlich, dass dem Universum ein Versehen unterlaufen ist, als es mir Teo zugeteilt hat.

»Möchtest du ein Glas Saft?«, reißt Frau Drosse mich aus meinen Gedanken. »Oder eine Cola? Kekse?«

»Nein danke, ich glaube eher nicht«, murmele ich. »Ich hatte gerade eine Pizza und zum Nachtisch einen Rieseneisbecher Vesuvio.«

Und dazu ein Glas Sekt mit O-Saft! Was Moms im Übrigen besser nicht erfahren sollte. Dabei hat es mir nicht einmal geschmeckt. Pops hat trotzdem mehr oder weniger drauf bestanden, dass Teo und ich es trinken.

»So ein Lottogewinn muss schließlich gefeiert werden«, hat er gemeint. »Und es ist ja auch nur ein winziger Schluck.«

Ha! Bestimmt hat er gehofft, dass wir seine Hiobsbotschaft besser verkraften, wenn wir unter Alkohol stehen. Doch da hat er sich gründlich geschnitten.

Teo ist sofort aufgesprungen und ohne ein Wort aus dem *Di Angelo* gerannt. Es war das erste Mal, dass ich das Gleiche gefühlt habe wie er und fast so etwas wie eine Verbundenheit mit meinem Bruder verspürt habe. Das war allerdings direkt wieder vorbei, als mir nämlich klar wurde, dass ich nun mit Pops und der ganzen Katastrophe allein dasaß und es einfach nicht über mich brachte, auch noch abzudampfen.

»Na gut.« Frau Drosse nickt mir zu. »Du kennst dich ja aus. Und wie gesagt: Jona kommt bestimmt gleich. Er hat dich doch noch nie warten lassen.«

Eben, denke ich, nicke zurück und steuere auf sein Zimmer zu.

Es ist ähnlich chaotisch wie meins und mir beinahe ebenso vertraut. Ich kenne jede CD, jedes Buch, jeden Film, jede Zeitschrift und jedes Poster. Ich weiß, in welchem Kleiderschrankfach seine Jeans und in welchem seine Pullis liegen. Jonathan hat mir sogar verraten, in welcher Kladde er seine geheimsten Gedanken notiert und wo er diese aufbewahrt – nämlich im Regal hinter seinen Astronomiebüchern, weil seine Mutter die garantiert nicht in die Hand nimmt.

Ich mag Frau Drosse. Sie ist nicht viel größer als ich, hat eine gemütlich rundliche Figur und dieselben hellgrauen Augen wie Jona. Wenn ich sie ansehe, ist es immer ein bisschen so, als würde ich ihn anschauen. Es gefällt mir, dass sie immer gute Laune hat und mich nie über Jonathan ausfragt, im Gegensatz zu Annas Mutter, die dies manchmal versucht, wenn sie den Eindruck hat, dass meine Freundin ihr etwas Wichtiges verschweigt.

Ich lasse die Tür offen stehen, damit ich sofort mitkriege, wenn mein Kumpel nach Hause kommt, und laufe eine Weile zwischen seinem Bett und dem Schreibtisch unter dem Fenster auf und ab. Alle paar Sekunden werfe ich einen Blick auf meine Armbanduhr, nur um festzustellen, dass die Zeit im Schneckentempo dahinkriecht – und dass Jonathan bereits Verspätung hat. Mittlerweile ist es nämlich schon dreiunddreißig … vierunddreißig … fünfunddreißig Minuten her, dass er mir seine letzte Nachricht geschickt hat. *Wie lange brauchst du? Halbe Stunde?*

»Eine halbe Stunde hat dreißig Minuten«, murmele ich. »Nur falls du das vergessen haben solltest …«

Und plötzlich stehe ich vor dem Regal mit den Astronomiebüchern. Ehe mein Gewissen sich melden kann, habe ich drei davon herausgezogen.

Ein schmaler Streifen dunkles Kladdengrün zwinkert mir zu.

Nimm mich!

Lies mich!

Tu's nicht!!!, sagt mein Gewissen.

Die vielen Ausrufezeichen dahinter lassen mich zaudern.

Stell dich nicht so an, weise ich mein Gewissen zurecht. Jonathan würde es mir doch sowieso sagen. – Würde er?

Ach, verdammt, ich werfe ja bloß einen kurzen Blick hinein. Nur auf die letzte Seite. Mehr will ich gar nicht wissen.

Ich spüre bereits die glatte Beschichtung des Pappeinbands an meinen Fingern, da höre ich Frau Drosses Stimme im Flur.

»Da bist du ja endlich! Emely wartet schon eine ganze Weile in deinem Zimmer auf dich.«

Mein Herz macht einen Satz. Hastig stelle ich die Astronomiebücher zurück, hechte zum Schreibtisch hinüber und lasse mich auf den Drehstuhl fallen.

Jona antwortet seiner Mutter etwas, das ich nicht verstehe, und im nächsten Moment steht er bereits auf der Schwelle.

»Hey.« Er begrüßt mich mit einem kurzen Lächeln und drückt die Tür hinter sich zu. »Was gibt's?«

»Mein Vater zieht weg«, sage ich.

»*Was*?«

Jonathan starrt mich an, als hätte ich anstelle meiner Häkelmütze eine Kloschüssel auf dem Kopf.

Mir ist klar, dass ich ihn mit dieser Neuigkeit ganz schön überrumpele, aber es musste einfach raus, sonst wäre ich noch geplatzt und hätte einen unschönen Fleck auf seinem Teppichboden hinterlassen.

»Moment mal …«, sagt er jetzt, während er langsam auf der Kante seines Bettes niedersinkt. »Nur dein Vater?«

Ich nicke. »Exakt.«

Jona stößt einen Schwall Luft aus.

»Und das hat er Teo und dir mal eben so zusammen mit dem Lottogewinn verpult?«

»Jo«, sage ich. »Zwischen Pizza und Vulkaneisbecher … obwohl, der passte eigentlich ganz gut. Der hat so gedampft und innen drin war rote Soße, die hat allerdings ziemlich s…«

»Scheiße, Em!«

»Du sollst dieses Wort doch nicht immer sagen«, krächze ich, dann fange ich an zu heulen.

»Mensch, Emely.«

Jonathan erhebt sich von der Bettkante und kommt auf mich zu. Er berührt mich sanft an der Schulter und beginnt dann, vor mir auf und ab zu laufen. Drei Schritte in Richtung Tür, fünf Schritte zurück, vier Schritte zur Tür …

Das Mitzählen beruhigt mich ein wenig.

»Und wohin?«, fragt Jona schließlich.

»Keine Ahnung. Wahrscheinlich nach Afrika oder nach Indien.«

»Das ist mehr als keine Ahnung«, erwidert er. »Mein Dad ist damals einfach verschwunden.«

»Ja, ja, schon klar, bei dir war es viel schlimmer«, jaule ich. Ich schlage die Hände vors Gesicht und fange aufs Neue an zu schluchzen.

»Das würde ich niemals behaupten«, gibt Jonathan zurück. »Und das weißt du auch.«

Seine Stimme klingt plötzlich näher.

Unauffällig spreize ich Zeige- und Mittelfinger meiner linken Hand auseinander und linse dazwischen hindurch.

Jonathan ist vor mir in die Hocke gegangen. Seine schokobraunen Haare, die vorne etwas länger sind als an den Seiten, fallen ihm in die Stirn. Sie sehen total verwuschelt aus, so als würde er ständig mit den Fingern darin herumfahren. Aus seinen hellen Augen schaut er mich mitfühlend an.

»Komm mal mit zum Bett rüber«, sagt er leise, umfasst meine Unterarme und zieht mich vom Stuhl hoch.

»Hast du ein Taschentuch?«, schniefe ich.

»Klar.«

Jona schiebt seine Hand in die Vordertasche seiner Cargo-Shorts, holt ein etwas abgegriffenes Tempo daraus hervor und hält es mir hin. Ich nehme es, schnäuze mir die Nase und wische mir flüchtig über die Augen.

»Würdest du ihn bitte für mich umbringen?«, sage ich.

Jona schüttelt den Kopf. »Nein.«

»Warum nicht?«

»Ist verboten, soweit ich weiß«, erwidert er und grinst schief. »Außerdem würdest du es bestimmt irgendwann bereuen und mir schreckliche Vorwürfe machen. Und jetzt komm«, sagt er und zieht mich weiter am Arm zum Bett hinüber.

Wir hocken uns nebeneinander auf die Kante, und nach einem kurzen Zögern legt Jonathan seinen Arm um meine Schulter. Er hat das schon oft getan, einfach so und natürlich, wenn er mich trösten wollte, aber diesmal fühlt es sich anders an. So als würde er sich auf einmal nicht mehr richtig trauen.

»Weiß deine Mutter es schon?«, erkundigt er sich.

»Mhm«, sage ich. »Angeblich sogar schon seit zwei Monaten.«

»Nee, oder?« Jona sieht mich ungläubig an. »Und sie hat die ganze Zeit über keinen Ton gesagt?«

»Ach, i wo. Sie war ja nicht mal schlecht drauf«, brumme ich. »Ich finde, sie hätte sich wenigstens was anmerken lassen können.«

»Du meinst, Geschirr zertrümmern, Handtücher nass heulen, die Anzüge von deinem Vater zerschneiden oder so was in der Art?«

»Ganz genau.«

Wir sehen uns an und mit einem Mal müssen wir beide lachen.

»Du wirst es überleben«, sagt Jona, nimmt seinen Arm von meiner Schulter und knufft mich gegen den Oberarm. »Sollen wir wetten?«

»Um was?«

»Ach, keine Ahnung … ein Eis, oder du lädst mich ins Kino ein. Du hast ja eh schon verloren.«

»Okay«, sage ich. »Ich überlebe, du bekommst ein fettes Eis oder einen fetten Film, eine Coke und einen Eimer Popcorn …«

»Was?«, ruft Jonathan. »Einen ganzen Eimer? Für mich alleine?«

»Ja, aber nur, wenn du mir verrätst, wieso du mir nichts von diesem BMX-Wettbewerb erzählt hast.«

Mit einem Schlag wird er so blass wie die Wand hinter uns.

»A-aber das hätte ich doch«, stottert er los. »W-woher weißt du das überhaupt?«

»Deine Mutter ist eine Quatschtante.«

»Ist sie nicht«, widerspricht Jona mit ernster Miene.

Er atmet einmal tief ein und aus und allmählich kehrt die Farbe in sein Gesicht zurück.

»Stimmt«, lenke ich ein. »Tut mir leid. Ich war bloß sauer, weil du es mir verschwiegen hast.«

»Ich hätte es dir gesagt«, beschwört er mich. »Heute.«

Okay. Und trotzdem!

»Ich kapier das einfach nicht. Du planst es ja wohl schon länger, oder?«, brause ich auf. »Abgesehen davon ist es keine große Sache. Es wäre das Normalste von der Welt gewesen, mir davon zu erzählen. Wir sind doch Freunde. Eigentlich hätte ich es als Erste erfahren müssen. Vor deiner Mutter.«

»Es findet nicht hier statt, sondern in Hamburg. Und das ist dann auch nur ein Vorentscheid«, erklärt Jonathan mir. »Verstehst du … Ich musste meine Mutter fragen, weil ich ihre Erlaubnis brauche. Und es kostet schließlich auch eine Kleinigkeit.«

»Wann?«, frage ich.

»In den Herbstferien.«

»Wie lange?«

Jonathan guckt mich durchdringend an.

»Siehst du«, sagt er. »Genau das habe ich geahnt.«

»Was?«, schnaube ich.

»Na, dass das Ganze zu einem Verhör ausartet«, blafft er mich an. »Und dass du mir am Ende vielleicht noch die Ohren volljammerst, ich würde dich zwei Wochen allein hier zurücklassen.«

»Wie bitte?«, brülle ich. »Dieser Wettbewerb geht über die ganzen Herbstferien?«

»Ja, Em.« Jona zuckt ein wenig hilflos mit den Schultern. »Vorher findet noch ein Workshop statt. Da lernt man echt coole Tricks. Und nur wenn ich die kann, habe ich überhaupt eine Chance. Es tut mir leid, Emely. Ehrlich.«

»Und warum machst du es dann?«, presse ich hervor.

»Weil es mir wichtig ist.«

»Und was wird aus dem Wildcamp?«, frage ich. »Mein Vater hat mich da doch längst angemeldet.«

»Ja, ich weiß.« Jonathan senkt den Blick. »Meiner mich doch auch.« Unschlüssig pult er am Saum seiner Shorts herum. »Vielleicht hat Anna ja Lust. Dann könnte sie an meiner Stelle fahren. Die Anmeldegebühren würden nicht verfallen und du hättest eine Menge Spaß. Nur eben nicht mit mir, sondern mit deiner besten Freundin.«

»Worauf du dich verlassen kannst!«, fauche ich.

Keine drei Sekunden später knallt seine Zimmertür hinter mir ins Schloss.

Alles auf Anfang?

Erst als ich unten auf der Straße stehe, fällt mir ein, dass ich noch immer nicht weiß, aus welchem Grund Jona heute ohne sein BMX unterwegs gewesen ist. Was mir übrigens immer merkwürdiger vorkommt, denn gerade jetzt, da er an diesem blöden Wettbewerb teilnehmen will, wäre es doch wichtig, möglichst viel Zeit darauf zu verbringen.

Auf dem Weg zur U-Bahn-Station piept mein Smartphone alle zehn Sekunden. Jonathan bombardiert mich mit Nachrichten. Ich lese natürlich keine einzige, geschweige denn, dass ich ihm antworte.

Soll er gefälligst schmoren, bis er Krokant hinter den Ohren hat und nach Schweinebraten riecht. Im Augenblick weiß ich echt nicht, auf wen ich am sauersten bin: auf meinen Vater, auf meine Mutter oder auf Jona.

Außerdem nervt es mich ohne Ende, dass ich zu Fuß gehen muss. Mit meinem Skateboard wäre ich nicht nur schneller, sondern könnte auch ein bisschen Wut ablassen. Es ist einfach cool, wenn die Rollen über das Pflaster rattern und man so richtig Speed drauf kriegt. Dann gehen die Sorgen für eine Weile flöten und man fühlt sich leicht und frei.

»Das war ein richtiger Kacktag!«, schimpfe ich vor mich

hin. Eigentlich sollte man ihn aus dem Kalender streichen. Ach Mensch, wäre es nicht einfach wunderbar, wenn ich heute Abend ins Bett ginge und morgen nach dem Aufwachen feststellte, dass noch mal heute ist?

Dann würde es auch nicht anders laufen, Em, sage ich mir. Pops, Moms und Jona haben ihre Entscheidungen getroffen. Die Einzige, die sich anders verhalten könnte, wärst du. Zum Beispiel könntest du deinem Vater die Meinung geigen, statt dumm wie Pute dazusitzen und dir anzuhören, welche wundervollen Möglichkeiten sich einem eröffnen, wenn man »nicht stillsteht, sondern beherzt nach jeder Chance im Leben greift und nicht weiter Energie in Dinge steckt, mit denen man schon lange nicht mehr zufrieden ist.«

Blablablabla …

O ja, das waren wirklich tolle Worte, die Pops da heute Mittag im *Di Angelo* von sich gegeben hat. So geschwollen hat er echt noch nie dahergeredet. Insgeheim beneide ich Teo sogar darum, dass er einfach aufgestanden ist und sich diesen Blödsinn nicht länger angehört hat.

Du hättest es genauso machen können, Em, halte ich mir vor.

»Hab ich aber nicht«, brumme ich. »Zufälligerweise will ich meinen Vater nämlich verstehen. Und dafür muss ich nun mal alles wissen.«

Aha, und warum machst du dann einen solchen Unterschied zwischen ihm und Jona?, bohre ich weiter.

»Weil … weil … weil … Na, weil es eben ein riesengroßer Unterschied ist.«

Plötzlich zupft mich jemand am T-Shirt und eine Stimme

fragt: »Redest du mit dir selber? Oder hast du eine unsichtbare Freundin?«

»Hä?«

Erschrocken bleibe ich stehen. Offenbar bin ich so sehr in Gedanken gewesen, dass ich weder gemerkt habe, dass ich Selbstgespräche führe, noch dass ich bereits die U-Bahn-Station betreten habe.

Neben mir läuft ein kleines Mädchen, vielleicht sechs oder sieben Jahre alt. Auf jeden Fall scheint sie etwas jünger zu sein als Annas achtjährige Schwester Lea. Das Mädchen hat ziemlich zerzauste blonde Haare und kugelrunde blaue Augen. Unter einem fleckigen Blumenkleid lugt eine rosafarbene, knielange Leggins hervor. Ansonsten ist die Kleine barfuß.

»Was machst du hier?«, frage ich. »Wo ist deine Mama?«

»Einkaufen«, erwidert sie. »Ich warte hier bloß.«

»Tust du nicht«, widerspreche ich. »Du läufst nämlich gerade neben mir her. Und ich steige gleich in die U-Bahn und fahre nach Hause.«

»Okay. Und warum redest du mit dir selber?«, will die Kleine wissen.

»Ich habe eine unsichtbare Freundin«, brumme ich.

»Hast du nihicht.«

Ihr Mund verzieht sich zu einem breiten Grinsen, sie fängt an zu hüpfen und in ihren Augen blitzt es übermütig.

»Ach ja? Und woher willst du das so genau wissen?«

»Weil *ich* eine habe und die hätte deine ja wohl gesehen«, gibt die Kleine pfiffig zurück.

»Hmm«, mache ich. »Und das soll ich dir glauben?«

»Mir doch egal«, erwidert sie.

»Wo sind überhaupt deine Schuhe?«, frage ich und zeige auf ihre nackten Füße.

»Bei Mama vor dem Zeitungsladen«, erklärt sie mir. »Mecki passt auf sie auf.« Dann deutet sie auf meine Chucks. »Und du hast verschiedene Schuhe an.«

»Stimmt«, sage ich.

Entweder trage ich schwarze Schnürstiefel oder einen schwarzen und einen roten Turnschuh.

»Das ist lustig«, findet die Kleine. »Das mache ich morgen auch. Läufst du nie barfuß?«, will sie wissen.

»Doch. Wenn ich im Schwimmbad bin … und wenn ich ins Bett gehe, natürlich.«

»Hahahahihi!« Die Kleine klatscht in die Hände und hüpft wieder auf und ab.

»Wer ist denn Mecki?«, erkundige ich mich. »Dein Bruder?«

»Hahahahihi«, kichert sie weiter. »Mecki ist doch kein Mensch, sondern ein Hund. Mein Bruder heißt Dennis.«

»Oh. Und wie heißt du?«

»Marcie.«

»Das ist ein hübscher Name«, sage ich und nicke in Richtung Rolltreppen, die zu den Gleisen hinunterführen. »Ich muss jetzt aber wirklich nach Hause, sonst macht meine Mutter sich Sorgen«, schwindele ich.

Die Kleine ist mir nicht ganz geheuer. Mit ihren zerzausten Haaren, dem fleckigen Kleid und ohne Schuhe wirkt sie ziemlich verwahrlost. Ich weiß nicht so recht, ob ich ihr die Geschichte mit ihrer Mutter und dem Hund glauben soll, und ich habe keine Lust, dass sie sich an mich klettet und mir womöglich sogar noch hinterherläuft. Klar, irgendjemand müsste sich um sie kümmern, aber ganz bestimmt nicht ich. Und so sage ich einfach: »Tschüs! Und grüß Mecki und deine unsichtbare Freundin von mir! Ich muss jetzt nämlich ganz schnell weiter.«

Enttäuschung und Sorge breiten sich auf Marcies kleinem Gesicht aus. »Damit deine Mama nicht böse wird?«, fragt sie mit wackeliger Stimme.

»Genau«, sage ich, winke ihr noch einmal kurz zu und tauche dann blitzschnell in einem Pulk von Leuten ab, der sich eilig auf die Rolltreppen zubewegt.

Kurz darauf rollt die U-Bahn ein und gut zwanzig Minuten später stehe ich vor unserer Haustür.

Aus dem Zimmer meines Bruders dringt leise Musik. Milow – ich weiß echt nicht, was er an diesem Schmusesänger findet! Vermutlich hört er sich das nur an, weil so viele Mädchen drauf stehen. Ha! – Womöglich ist sogar gerade eine bei ihm! Zum Beispiel eine der Tussen, die ihn heute Mittag vor dem *Di Angelo* angeschmachtet haben.

Hastig ziehe ich meine Chucks aus, stelle sie in den Schuhschrank neben der Garderobe und tappe auf Teos Tür zu. Ich lege meine Hand auf die Klinke und drücke sie langsam herunter. – Abgeschlossen! – Hab ich es nicht geahnt!

Ich sehe auf die Uhr und überschlage, wie lange es dauert, bis meine Mutter nach Hause kommt. – Ojemine, noch fast vier Stunden. In der Zeit kann Teo ja sonst was mit diesem Mädchen anstellen!

»Tu was, Em«, murmele ich. »Lass dir gefälligst etwas einfallen.«

Irgendwie muss ich meinen Bruder dazu bringen, seine Zimmertür zu öffnen. Fragt sich bloß, wie.

Ich könnte »Feuer!« schreien, was man angeblich tun soll, wenn man angegriffen wird, weil die Leute darauf eher reagieren als auf einen Hilferuf. Ich fürchte nur, dass Teo auch das völlig kaltlässt. Wahrscheinlich würde er mitsamt dem Mädchen aus seinem Fenster in den Garten hinunterspringen und sich nicht weiter um mich kümmern. Sein Tablet, seine Wii, sein iPhone und sein Shuffle sind ihm schon immer wichtiger gewesen als ich. Und diese vier Dinge würde er mit Sicherheit auch zu retten versuchen.

Mach ihn neugierig, Em, sage ich mir. Oder bring ihn auf die Palme.

Letzteres würde mir wahrscheinlich nur gelingen, wenn ich ebenfalls Musik abspiele. Zum Beispiel The White Stripes auf volle Pulle. Das würde allerdings auch die Nachbarschaft auf den Plan rufen, worauf ich überhaupt keinen Wert lege.

Aber Lärm kann man ja auch anders veranstalten.

Kurz entschlossen husche ich in die Küche, hole das Nudelholz aus dem Schrank, wickle es in ein Frotteehandtuch und haste in den Flur zurück. Dort baue ich mich vor dem Schuhschrank auf, hole aus und schlage mit dem frottierten Nudelholz dagegen. Krach soll es machen, Teo einen Schrecken einjagen und ansonsten keinen Schaden anrichten. So jedenfalls hatte ich mir das vorgestellt. Doch leider übertrifft das Resultat meine Erwartungen um ein Vielfaches.

Es poltert … und rumst … und klirrt … und ehe ich begreife, was passiert ist, finde ich mich inmitten eines Scherbenhaufens wieder.

Teos Zimmertür fliegt auf – und dummerweise gleich hinter ihm wieder zu, nämlich noch ehe ich einen Blick ins Innere erhaschen kann.

»Bist du eigentlich noch ganz dicht!«, brüllt mein Bruder mich an. »Kannst du deinen Anblick nicht mehr ertragen oder wieso hast du den Spiegel von der Wand gerissen?«

»Idiot!«, fauche ich.

»Das wüsst ich aber«, brummt Teo. »In diesem Fall bist das ja wohl eindeutig du.«

»Hilf mir lieber, anstatt mir Vorwürfe zu machen«, knurre ich und schiebe ein paar Scherben beiseite.

»Wer hat denn angefangen?« Kopfschüttelnd baut mein Bruder sich neben mir auf. »Das hat Moms echt nicht verdient. Sie kann schließlich nichts dafür, dass Pops sie verlässt.«

»Denkst du etwa, ich habe den Spiegel mit Absicht zertrümmert?«, fahre ich ihn an.

»Was sonst?«

Teo hebt das Nudelholz vom Boden auf und schlägt es in bedächtigem Rhythmus in seiner offenen Handfläche auf und nieder, so wie es die Gangster im Film mit Baseballstöcken tun.

»Ja, klar«, sage ich und tippe mir an die Schläfe. »Und wenn Moms nach Hause kommt, behaupte ich, dass du das gewesen bist. Außerdem weiß sie längst Bescheid.«

»Ach?« Erstaunt zieht Teo die Augenbrauen fast bis zum Ansatz seiner bescheuerten Marco-Reus-Tolle hinauf. »Du hast sie angerufen? Oder ihr eine WhatsApp geschickt?«, spottet er. »So nach dem Motto: Hallo, Momsilein, wenn du nachher heimkommst, dann wundere dich bitte nicht darüber, dass wir keinen Wandspiegel mehr haben. Ich hol mir nämlich jetzt das Nudelholz aus der Küche und hau ihn kaputt.«

»Quatsch«, sage ich und überlege, wie ich am besten an ihm vorbeizischen und in sein Zimmer stürmen kann. »Das meine ich doch überhaupt nicht.«

»Sondern?«

»Es steht nämlich schon seit zwei Monaten fest.«

»Was?«, fragt Teo irritiert.

»Na, dass Pops auszieht. Kapierst du … Moms hat es längst gewusst. Bloß wir nicht«, kläre ich meinen Bruder auf.

»Pfffhhh«, macht Teo nur und guckt dabei nicht viel intelligenter als eine Fliege, der man das Gehirn entfernt hat.

»Vielleicht könntest du netterweise mal das Kehrblech und den Handfeger holen«, nutze ich seine Verwirrung, in der Hoffnung, dass er sich überrumpeln lässt.

Tatsächlich setzt Teo sich in Bewegung.

»Und den Mülleimer!«, rufe ich und mache einen Satz über die Scherben hinweg auf seine Zimmertür zu.

Leider ist mein Bruder dann doch nicht so blöd wie eine gehirnamputierte Fliege, dafür allerdings mindestens genauso flink. Ehe ich die Klinke erreiche, hat er sich bereits dazwischengeschoben und grinst mich triumphierend an.

»Das könnte dir so passen, Schwesterherz«, blafft er. »In meinem Zimmer hast du nichts zu suchen. Und um den Totalschaden, den du hier angerichtet hast, kannst du dich gerne alleine kümmern. Mannomann!« Teo verdreht stöhnend die Augen. »Beinahe wäre ich tatsächlich so dusselig gewesen und hätte dir geholfen.«

»Na gut«, entgegne ich. »Dann sag ich Moms eben, dass du

dich in deinem Zimmer eingeschlossen und stundenlang mit einem Mädchen rumgemacht hast.«

»Was?«, stößt mein Bruder hervor. Einen Moment lang hat es den Anschein, als ob er laut auflachen wollte, aber dann sagt er nur: »Du hast sie ja echt nicht mehr alle«, dreht sich um und verschwindet in seinem Zimmer. »Ich schreib morgen 'ne Mathearbeit. Schon vergessen?«

Klack-klack wird der Schlüssel umgedreht – und ich bin genauso schlau wie vorher. Aber zugegeben: Die Sache mit der Mathearbeit hatte ich wirklich verdrängt.

Während ich die Scherben zusammenfege und wegschaffe, habe ich ausreichend Zeit, über die Ereignisse des heutigen Tages nachzudenken und mir zu überlegen, wo ich möglichst schnell einen neuen Garderobenspiegel herkriege. Zum Glück war der alte weder ein Erb- noch ein Designerstück, und ich finde, er ist noch nicht einmal besonders hübsch gewesen. Außerdem hatte er am rechten Rand eine kleine Kerbe. Bei genauerer Betrachtung müsste Moms also eigentlich froh sein, dass sie ihn nun durch einen schicken neuen ersetzen kann. Vielleicht ist sie sogar glücklich darüber und möchte gar nicht wissen, warum er kaputtgegangen ist. Und über die Delle im Schuhschrank sieht sie dann hoffentlich auch hinweg.

Genau wie ich, gibt Moms nicht gerne Geld für Dinge aus, die man nicht braucht. Sie würde niemals auf die Idee kommen, einen Tisch, einen Pulli oder einen Klorollenhalter zu ersetzen, bloß weil ihr ein anderes Modell besser gefällt.

Möglicherweise ist das sogar der Grund dafür, dass sie und Pops sich trennen. Mein Vater liebt Shoppingtouren. Er besitzt mindestens doppelt so viele Klamotten wie meine Mutter und seine Schuhe beanspruchen den meisten Platz im Klappschrank. Wenn wir in Urlaub fahren, müssen wir immer einen extra Koffer für die ganzen Souvenirs einplanen, die Pops sich so zusammenkauft. Sein Arbeitszimmer ist vollgestopft mit venezianischen Vasen, japanischen Samurai-Schwertern, afrikanischen Holzfiguren, marokkanischen Lampen und anderem überflüssigem Zeug. Der Rest unseres Hauses, über den Moms regiert, ist eher funktional eingerichtet.

»Man muss nicht mehr besitzen, als man braucht«, ist ihre Devise. »Alles, was man wegschmeißt, belastet nur die Umwelt.«

Um dieser Einstellung Nachdruck zu verleihen, hat sie vor drei Jahren das *Dress ’n Veggies* eröffnet, eine Art Kleider-Bistro, in dem vegane Leckereien und Second-Hand-Klamotten angeboten und verkauft werden. Mit diesem Laden hat meine Mutter sich einen Lebenstraum verwirklicht, der aber leider eine unschöne Nebenwirkung hat: Seitdem er existiert, geraten meine Eltern immer häufiger aneinander.

Ich glaube, Pops sieht das *Dress ’n Veggies* als eine Art Frontalangriff auf seine Lebensphilosophie, die da lautet: »Man sollte das besitzen, was man braucht, um glücklich zu sein. Und alles, was man nicht mehr braucht, kann man verschenken, um jemand anderen glücklich zu machen. Davon abgesehen, schafft es Arbeitsplätze, wenn Dinge produziert werden, die man gerne um sich hat, um sein Leben zu verschönern.«

Ich finde ja, dass er und Moms mit ihren Ansichten prinzipiell gar nicht so weit auseinanderliegen. Zumindest, was den Umgang mit gebrauchten Dingen angeht. Anna und ich kaufen ebenfalls unheimlich gern alte Sachen auf dem Flohmarkt. Und noch mehr freuen wir uns, wenn wir Perlen, Knöpfe oder Garnreste geschenkt bekommen. Im Großen und Ganzen verstehe ich allerdings nicht viel von solchen Wirtschaftssachen.

Ich weiß nur, dass eine ganze Menge Dinge in Asien hergestellt werden, wo die Leute in den Fabriken total wenig Lohn bekommen und oftmals auch sehr schlecht behandelt werden. In manchen Ländern, zum Beispiel in Indien, müssen sogar kleine Kinder arbeiten, was bei uns in Europa zum Glück fast überall verboten ist.

In einigen meiner Klamotten steht *Made in China … India* oder *Bangladesh*. Wenn ich sie anhabe, muss ich immer an die Frauen denken, die sie genäht haben, und wünsche mir, dass es ihnen gut geht. Alle meine Klamotten trage ich so lange wie irgend möglich. Es macht unheimlich viel Spaß, sie aufzupeppen und aus ihnen Einzelstücke zu kreieren, die so kein anderes Mädchen hat.

Die Aktion mit dem Nudelholz und dem Schuhschrank passt eigentlich gar nicht zu mir. Inzwischen könnte ich mich dafür so was von in den Hintern beißen. Mannomann! Wie konnte ich mich bloß von einer solchen Zerstörungswut überwältigen lassen! Und alles nur, um herauszufinden, ob ein Mädchen in Teos Zimmer ist.

Das ist doch so was von egal, Emely, weise ich mich selbst zurecht. Kümmer dich um deinen eigenen Kram. Davon gibt es ja wohl mehr als genug.

Exakt ausgedrückt: Mein ganzes Leben steht Kopf. Beinahe

nichts ist mehr wie vorher. Ich habe das Gefühl, vor einem Trümmerhaufen zu stehen und noch einmal ganz von vorne anfangen zu müssen.

»Dazu passt der kaputte Spiegel doch ganz gut«, murmele ich, während ich in meine verschiedenfarbigen Chucks schlüpfe.

Nach dem Aufräumen habe ich eine Weile versucht, auf meinem Bett zu liegen und das Chaos in meinem Kopf zu ordnen, doch leider hat das nichts genützt. Im Gegenteil. Je länger ich still dalag, desto schneller sind meine Gedanken Karussell gefahren.

Ich muss raus. Mich bewegen. Vielleicht mit Anna reden. Oder mit Oma und Opa. Obwohl Pops gemeint hat, dass wir die beiden besser ein paar Tage in Ruhe lassen sollten, bis sie wirklich begriffen haben, dass sie über Nacht zu Millionären geworden sind.

Ich an ihrer Stelle wüsste gar nicht, was ich mit einem solchen Haufen Geld anfangen sollte. Wahrscheinlich würde ich zehntausend Euro für mich behalten und den ganzen Rest an Tierschutzorganisationen spenden. Mit so etwas haben Oma und Opa Berlin allerdings nichts am Hut.

Bestimmt lassen sie die Million einfach auf der Bank und leben so weiter wie bisher. Und in dreißig oder vierzig Jahren, wenn sie gestorben sind, vererben sie das Geld meinem Vater. Der kann dann all jene Länder bereisen, die er noch nicht gesehen hat, nach Herzenslust fotografieren und so viele Souvenirs kaufen, wie in seine Villa passen – und auf diese Weise eine ganze Reihe von Arbeitsplätzen erhalten. Bleibt nur zu hoffen, dass es auch gute Arbeitsplätze sind und nicht solche, bei denen die Leute mies bezahlt und schlecht behandelt werden.

Wie gut, dass das nicht mein Problem ist, denke ich, öffne die Haustür und trete in den Sonnenschein hinaus.

»Jetzt bloß nicht traurig sein, Em«, murmele ich und grinse ein wenig spöttisch in mich hinein. »Dafür hast du ja einen ganzen Packen andere.«

Und für die gilt es jetzt, Lösungen zu finden.

Ich spaziere den Emil-Nolde-Weg entlang, in dem wir wohnen, und biege dann kurz entschlossen in die August-Macke-Straße ein, auf der sich die Bushaltestelle in Richtung des alten Kaufmannsviertels befindet. Von dort aus würde ich bequem zum *Dress ’n Veggies* gelangen. Vermutlich wäre ich sogar noch rechtzeitig dort, um Moms abzufangen und das Spiegel-Schuhschrank-Problem aus der Welt zu schaffen. Ganz nebenbei könnte ich dann die Sache mit Pops und der Trennung ansprechen. Und schon wäre ich ungefähr die Hälfte des Gesamtpackens los. Blieben noch Jonathan und mein gestohlenes Skateboard, das mir inzwischen jedoch als absolut dritt- bis viertrangiges Problem erscheint. Ganz zu schweigen von Frau Schnackes dusseliger Projektidee und dem Umstand, dass ich demnächst eine Brille tragen soll! Letzteres kann ich mittlerweile zur absoluten Mini-Katastrophe herunterstufen.

Tja, wer hätte das gedacht, dass sich das Leben innerhalb weniger Stunden um hundertachtzig Grad drehen kann!

Und was das Verrückteste ist: Anna, die beste Freundin von allen, weiß von alldem noch überhaupt nichts. Allerhöchste Zeit also, sie auf den neuesten Stand zu bringen.

Ich lege einen Zahn zu, um eher bei der Haltestelle zu sein. Bereits im Laufen krame ich mein Smartphone hervor, hole Annas Nummer aus dem Speicher und stelle die Verbindung her. Wenn der Bus planmäßig eintrifft, bleiben mir noch gut fünf Minuten, um mit ihr zu telefonieren.

Gut zehn Meter von der Haltestelle entfernt, bleibe ich stehen und schöpfe Atem. Hier kann ich einigermaßen ungestört reden.

»Bitte, bitte, geh endlich ran«, flehe ich, da meldet sie sich bereits.

»Mensch, Emely!«, stöhnt Anna. »Ich sitze noch an Deutsch.«

Deutsch? – Oje, die Bildbeschreibung! Die hatte ich ja gar nicht mehr auf dem Zettel.

»Das kannst du auch später noch fertig machen«, sage ich.

»Nee, nachher kommt *Shetland's High*.«

Ach, herrje. Annas Lieblings-Pferde-Soap! Wie konnte ich die bloß vergessen!

»Außerdem muss ich das Abendessen vorbereiten«, fährt sie aufgebracht fort. »Sarah ist nicht da, weil sie heute bei ihrer Freundin pennt, und Lea geht mir total auf die Nerven. Meine Eltern sind noch in der Praxis. Es hat mal wieder einen Notfall gegeben.«

»Ich bin auch ein Notfall«, erwidere ich. »Und wenn ich nicht sofort mit jemandem reden kann, falle ich tot in die Bordsteinrinne.«

Einen Moment herrscht absolute Stille in der Leitung, dann kreischt Anna los: »O mein Gott, Em! Was ist passiert?«

»So ein Typ hat mein Skateboard geklaut«, sage ich.

»Was? Wann?«

»Heute Mittag, als ich auf die Bahn gewartet habe.«

Anna atmet geräuschvoll ein und wieder aus und ich erwarte einen Schwall der Empörung. Doch Pustekuchen!

»Ach, weißt du was, sooo schlimm finde ich das gar nicht«, meint Anna nämlich. »Wenn du zu Fuß unterwegs bist, brauche ich mir wenigstens nicht ständig Sorgen zu machen, dass du unter einem LKW landest oder gegen eine Hauswand rasselst.«

»Jetzt übertreib mal nicht«, gebe ich zurück. »Ich fahre seit drei Jahren Skateboard und ich bin noch nie unter einem LKW gelandet.«

»Zum Glück«, meint Anna. »Sonst würden wir jetzt nämlich nicht telefonieren.«

»Und du könntest in Ruhe die Deutschhausaufgaben erledigen«, sage ich bissig.

»Stimmt eigentlich …«, kichert Anna.

»Das ist aber noch lange nicht alles«, fahre ich ein wenig ungeduldig fort. »Meine Oma hat im Lotto gewonnen.«

»O wow! … Echt?«

»Mhm. Sechs Richtige mit Superzahl.«

Annas Stimme bekommt einen leicht hysterischen Unterton. »Du verarschst mich jetzt aber nicht, oder? Bloß weil ich eben das mit dem Skateboard gesagt habe?«

»Ich schwöre«, sage ich.

»Waaas?!« Anna kreischt jetzt so laut, dass ich mir das Handy einen halben Meter vom Ohr weghalten muss, um keinen Gehörschaden davonzutragen. »Und wie viel?«

»Ich schätze mal, mindestens zwei bis drei Millionen.«

»A-aber dann seid ihr ja jetzt stinkend reich!«, jubelt sie.

»Nicht *wir*«, bremse ich ihre Begeisterung. »Oma Berlin.«

»Das ist doch das Gleiche.«

»Ist es nicht.«

»Na ja, also deinem Opa und deinem Vater wird sie doch wohl was abgeben«, meint Anna. »Und dir vielleicht auch. Zum Beispiel ein neues Skate…« Sie bricht ab und ich sehe es bildlich vor mir, wie sie sich auf die Zunge beißt.

»Autsch«, sage ich. »Jetzt hättest du es fast ausgesprochen.«

»Was denn?«, fragt Anna scheinheilig. »Und überhaupt: Ich finde, das sind sehr gute Nachrichten.«

»Die schlechten kommen ja noch«, kündige ich an. »Zum Beispiel, dass meine Eltern sich trennen.«

»Waaas?«, kreischt Anna und wieder muss ich das Smartphone von meinem Ohr wegreißen. »Wieso das denn? Die haben sich doch immer so gut verstanden.«

»Außerdem habe ich den Garderobenspiegel zertrümmert«, fahre ich in Anbetracht dessen, dass der Bus jeden Augenblick eintreffen wird und ich keine Lust habe, dieses Gespräch vor einem größeren Publikum weiterzuführen, fort. »Und Jonathan nimmt an einem BMX-Workshop mit Wettbewerb teil.«

»Na und?«, erwidert Anna. »Das ist doch cool! Oder gönnst du ihm das etwa nicht?«

»Das ist nicht der Punkt«, brumme ich.

»Sondern?«, will sie wissen.

»Dass das Ganze in den Herbstferien stattfindet. Und da

wollten Jona und ich doch eigentlich in dieses Abenteuercamp.«

Blöderweise fällt mir erst, als es heraus ist, ein, dass ich Anna noch gar nichts davon erzählt habe.

»Aha«, sagt sie nur und dann herrscht wieder diese blöde Stille.

Ich drücke das Handy etwas fester an mein Ohr, aber alles, was ich vernehme, ist ihr Atem.

»Anna?«, frage ich bangen Herzens. »Bist du noch da?«

Die Antwort ist ein leises Schnaufen.

»Ich mach jetzt mal Deutsch weiter«, erwidert sie schließlich.

»Okay.« Ich bemühe mich, möglichst unaufgeregt zu klingen. Anna jetzt auf die Schnelle mit Erklärungsversuchen zu kommen, kann nur nach hinten losgehen. Ich verstehe ja, dass sie sauer ist, und will auf keinen Fall mit ihr streiten. »Ich ruf dich dann später noch mal an«, setze ich hastig hinzu. »Wenn ich mit meiner Mutter geredet habe und so …«

»Ich glaube nicht, dass ich später noch Zeit habe«, gibt meine Freundin schnippisch zurück. »Deutsch ist ziemlich viel. Außerdem habe ich noch was vor.«

So? Was denn?, liegt es mir auf der Zunge zu fragen, doch ich verkneife es mir.

»Also gut«, sage ich stattdessen. »Dann sehen wir uns morgen in der Schule. Vielleicht leiht Moms mir ihr Fahrrad. Wenn nicht, muss ich mit der U-Bahn …«

Bevor ich den Satz zu Ende sprechen kann, kappt Anna die Verbindung.

»Mann!«, fluche ich. »Mann. Mann. Mann!«

Ich schüttele das Smartphone, in der Hoffnung, dass es vielleicht doch nicht Anna war, sondern einfach bloß die Tücken der Technik dazwischengefunkt haben.

Wie gebannt starre ich auf das Display, doch alles, was ich sehe, ist das Foto von Oma und Opa Berlin, Arm in Arm unterm Kirschbaum in ihrem Schrebergarten, das ich zurzeit als Hintergrundbild geladen habe, und die ganz normalen Funktions-Icons.

»Mist!«

Schimpfen und Fluchen hilft immer ein wenig. Es hält mich davon ab, sofort und auf der Stelle durchzudrehen.

Mein Herz klopft und ich spüre einen fiesen Stich in meiner Brust.

Ist es tatsächlich möglich, dass man an einem einzigen Tag sein Skateboard, seinen Vater, seinen besten Freund *und* seine beste Freundin verlieren kann?

Hätte mir gestern jemand erzählt, dass ihm genau das passiert ist, ich hätte ihm garantiert einen fetten bunten Fantasie-Vogel gezeigt.

Heute weiß ich es besser.

Nützt ja nix, Emely, rede ich mir zu. Du kannst jetzt den Kopf in den Asphalt rammen oder deine Liste abarbeiten. Und wie ich dich kenne, entscheidest du dich für Letzteres.

Jawohl!

Ich stecke mein Handy in die Gesäßtasche und balle wild entschlossen die Fäuste. Es wäre doch gelacht, wenn sich nicht zumindest ein paar Dinge wieder geraderücken ließen … zumindest was Moms, den Garderobenspiegel, mein Skateboard … und Anna angeht.

Wie soll ich in dieser Sekunde auch ahnen, dass erst einmal alles nur noch schlimmer werden und mir ausgerechnet eine süße kleine Katze einen gewaltigen Strich durch besagte Liste machen würde?

Noch ein Notfall

Die August-Macke-Straße ist nicht besonders stark befahren, weil sie mitten durch unsere Wohnsiedlung führt. Auf beiden Seiten befinden sich frei stehende Einfamilien- und Reihenhäuser mit Garageneinfahrten oder Carports und kleinen gepflegten Vorgärten.

Als der Bus heranbraust, ist kein weiteres Auto in unmittelbarer Sichtweite. Dafür bemerke ich ein kleines Etwas, das sich unter dem Zaun eines der Grundstücke von schräg gegenüber hindurchquetscht und auf die Straße flitzt. – Ein winziges orange-schwarz-weiß geflecktes Kätzchen!

Oh nein!

Ein Schreck saust mir ins Herz. Entsetzt halte ich den Atem an und gucke zwischen dem Bus und dem Kätzchen hin und her.

»Dreh um«, wispere ich. »Bitte, dreh um!«

Doch leider scheint die Kleine sich der Gefahr, in der sie schwebt, überhaupt nicht bewusst zu sein. Mit lustigen Sprüngen hüpft sie über den Mittelstreifen hinweg genau auf den Bus zu.

Von der Haltestelle her ertönt ein Aufschrei. Ein kleiner Junge ruft: »Mama! Mama! Mama!« und ich stehe da wie schockgefroren, und obwohl das Kätzchen längst unter dem Bus verschwunden ist, höre ich nicht auf, zu beten.

Dann endlich bremst der Fahrer ab. Er steuert die Haltestelle an und die Bustüren öffnen sich schnaufend. Aber das höre ich schon gar nicht mehr richtig, sondern sehe nur das, was da vor mir auf der Straße hockt. – Ein kleines zusammengekauertes orange-schwarz-weißes Etwas.

Ich überlege nicht lange, sondern stürze sofort los.

»Mädchen, pass auf!«, brüllt eine Männerstimme.

Aus dem Augenwinkel sehe ich den dunkelblauen PKW, der direkt auf mich zuhält. Wieso, zur Hölle, ist mir der nicht eben schon aufgefallen?

Vor Schreck mache ich einen Satz rückwärts.

Bremsen quietschen.

Wie in Zeitlupe rutscht der PKW auf das Kätzchen zu.

Entsetzt schließe ich die Augen, reiße sie aber sofort wieder auf. Es kann doch nicht sein, dass das arme Tier gleich zweimal innerhalb weniger Sekunden unter ein Auto gerät. – Es darf einfach nicht sein!

Ich registriere die kleinen gelben Augen, die ängstlich zu mir herüberblicken, und die Vorderfront des dunkelblauen Wagens, die im buchstäblich allerletzten Moment nur wenige Zentimeter vor dem armen Tier zum Stehen kommt.

Hinter mir erklingt ein Raunen, doch ich kümmere mich nicht um die Leute an der Haltestelle und auf dem Bürgersteig, sondern vergewissere mich, dass von nirgendwoher mehr Gefahr droht, und mache dann zwei große Schritte auf die kleine Katze zu.

Im ersten Moment hat es den Anschein, als ob sie nur einen Schock hätte und nicht wüsste, wohin sie sich retten soll, aber dann fällt mir auf, dass ihr rechtes Hinterbein seltsam verknickt aussieht.

»Komm her, meine Süße«, krächze ich, hebe das Kätzchen, das nun ein klägliches Maunzen von sich gibt, vorsichtig auf meinen Arm, schaue noch einmal nach rechts und links und haste auf die andere Straßenseite.

»Ist alles in Ordnung?«, ruft eine Frau mir nach.

Ich schüttele stumm den Kopf und gehe zügig weiter in Richtung des Grundstücks, von dem die Katze gekommen ist.

»Gleich bist du wieder zu Hause«, murmele ich, während ich hinter dem Zaun in einen schmalen Plattenweg einbiege. »Und dann geht es dir bald wieder gut.«

Die Haustür, auf die ich zusteuere, liegt ein wenig nach innen versetzt und wirkt auf mich wie ein dunkles, rechteckiges Loch. An den Fenstern sind die Rollläden bis auf einen handbreiten Spalt heruntergelassen.

Der extrem kurz gehaltene Rasen des Vorgartens ist auf der einen Seite von einer akkurat geschnittenen Buchsbaumhecke und auf der anderen von einem schnurgeraden Streifen dunkler Kieselsteine begrenzt. Es gibt nur eine einzige dunkelrote Blume in einem hässlichen braunen Steintopf, der sich zwischen Plattenweg und Garageneinfahrt befindet.

Das Haus wirkt furchtbar abweisend und ich fühle mich direkt unwohl. Aber es nützt ja nichts. Das Kätzchen gehört nun mal hierher. Und es braucht dringend ärztliche Hilfe.

Inzwischen hat es laut zu schnurren angefangen. Ich weiß aber, dass das nicht unbedingt ein gutes Zeichen ist. Katzen schnurren nämlich auch, wenn sie Angst oder Schmerzen haben.

Mit klopfendem Herzen steige ich die Stufe vor der Eingangstür hinauf und drücke auf die Klingel.

W. Roemer steht auf dem Namensschild.

Ich atme einmal tief durch und warte voller Ungeduld und Anspannung.

Jetzt komm schon, Herr oder Frau Roemer, jetzt mach endlich auf!

Als nichts passiert, klingele ich noch einmal.

»Wen suchst du denn?«, ertönt plötzlich eine Frauenstimme vom Nachbargrundstück.

Ich trete auf den Plattenweg zurück und recke den Kopf.

Im Haus nebenan ist eines der Fenster im ersten Stockwerk geöffnet. Dort bemerke ich einen blauen Eimer, der auf dem Sims steht, und eine Frau in Moms' Alter mit kurzen, dunklen Locken, deren Hände in rosafarbenen Putzhandschuhen stecken.

»Ähm … Frau oder Herrn Roemer!«, antworte ich. »Deren Katze ist nämlich gerade angefahren worden.«

Die Frau wringt ihren Putzlappen aus und blickt schweigend zu mir herunter.

»Ich will ja nichts Schlechtes sagen, aber ich glaube nicht, dass sie das kümmert«, meint sie schließlich.

»Wie bitte?«, frage ich, denn ich bin nicht sicher, ob ich das auch wirklich richtig verstanden habe.

»Frau Roemers Minka ist nicht kastriert«, erwidert die Frau. »Die Katze bekommt alle naselang Junge. Behalten hat Frau Roemer allerdings noch keines davon.«

»Klar.« Ich nicke. »Sie wird sie wohl verkaufen. Oder verschenken.«

Die Frau kräuselt ihre Lippen und schüttelt vage den Kopf. »Jedenfalls ist sie im Moment nicht daheim.«

Ach du lieber Gott!

»Und was mache ich dann jetzt?«, frage ich.

»Das weiß ich auch nicht, mein Kind«, gibt die Frau ein wenig ungehalten zurück. »*Ich* kann die Katze jedenfalls nicht übernehmen.«

»Das müssen Sie ja auch gar nicht«, sage ich mehr zu mir selbst, denn es ist längst ein Entschluss in mir herangereift. »Vielen Dank!«, rufe ich der Frau zu. »Ich kümmere mich um das Kätzchen und melde mich später dann noch mal bei Frau Roemer.«

Wenige Minuten später stehe ich wieder vor unserer Haustür. Ich flitze in mein Zimmer, bette das noch immer kläglich maunzende Kätzchen behutsam mitsamt einem meiner Pullis in den Einkaufskorb meiner Mutter und sause in den Keller hinunter.

Zum Glück ist Moms' Hollandrad nicht abgeschlossen.

Ich schleppe es die Treppe hinauf, befestige den Einkaufskorb auf dem Gepäckträger und strampele los.

Diesmal geht es die August-Macke-Straße in entgegengesetzter Richtung entlang. Ich lasse die Wohnsiedlung hinter mir und radele so schnell ich kann zur Einkaufspassage am West-Ring. Normalerweise brauche ich für diese Strecke gut zwanzig Minuten. Mit dem Skateboard. Heute und mit dem Fahrrad schaffe ich es in einer Viertelstunde. Meine Beine fühlen sich jetzt allerdings so schlabberig an, als wären meine Muskeln ausgeleiertes Kaugummi, und ich keuche und schnaufe wie eine alte Frau, die gerade einen Zweihundertmetersprint hinter sich gebracht hat.

Mein Abstieg vom Sattel gleicht mehr einem Absturz und mir fehlt sogar die Kraft, den Ständer auszuklappen. Also lehne ich das Fahrrad einfach gegen eine der in gleichmäßigen Abständen von ungefähr zehn Metern gepflanzten Platanen.

Die *Westring-Passage* ist ein Schicki-Micki-Einkaufszentrum, an dessen Ende sich ein Ärztehaus befindet. Durch einen separaten Seiteneingang gelangt man in die Veterinärstation von Annas Eltern.

Kleintierpraxis Susanne Gerlach

Öffnungszeiten:
Mo. – Fr. 15 bis 18 Uhr
außer Mittwoch
Sa. 10 – 12 Uhr
Mo. – Fr. vormittags
nur nach Vereinbarung

steht in schwarzer Schrift auf dem hellgrünen Schild, das neben der Tür angebracht ist.

Inzwischen ist es zwanzig vor sieben. Ich weiß, dass ich viel zu spät dran bin, aber Anna hat mir ja erzählt, dass ihre Eltern heute länger in der Praxis sind, weil Frau Gerlach noch eine Not-OP durchführen muss. Jetzt kann ich nur hoffen, dass die beiden noch immer hier sind – und dass sie überhaupt auf mein Klingeln reagieren.

Dummerweise habe ich in der ganzen Aufregung Moms' Fahrradschlüssel vergessen. Das Kettenschloss würde nämlich wunderbar um den Stamm der Platane passen.

Es wird schon nicht geklaut werden, denke ich.

Erstens laufen hier sowieso fast nur Leute rum, die vor lauter Geldscheinen kaum aus den Augen gucken können, und zweitens sind zwei Diebstähle pro Tag und Person total unwahrscheinlich.

Notfalls müsste ich mir eben einen Job suchen und mir das Geld für ein neues Fahrrad verdienen. Doch darüber kann ich mir im Falle eines Falles später noch immer Gedanken machen. Jetzt geht es erst einmal darum, dass das Kätzchen Hilfe bekommt.

Die kleine Mieze ist mittlerweile mucksmäuschenstill. Selbst als ich den Korb vom Gepäckträger löse, gibt sie keinen einzigen Laut von sich.

Ein schrecklicher Gedanke schießt mir durch den Kopf und bleibt wie ein schmerzhaft-spitzer Pfeil in meiner Brust stecken: Das Kätzchen wird doch hoffentlich nicht unterwegs gestorben sein!

Nein. Nein. Nein. Es hat nicht geblutet. Außer dem abgeknickten Hinterbein habe ich keine Verletzung an ihm erkennen können. Zumindest keine äußere.

Was aber ist mit den inneren Organen?

Einen Moment lang bin ich versucht, den Pulli beiseite zu schieben und nachzusehen, doch dann entscheide ich, dass ich es lieber nicht wissen will. Annas Mutter wird ohnehin viel besser als ich feststellen können, ob die Kleine noch lebt.

Und so stakse ich mit wackelweichen Knien zur Tür,

drücke auf den Klingelknopf und fange an, die Sprechanlage zu hypnotisieren. Leider lässt sie sich davon nicht beeindrucken.

Ich warte gefühlte drei Minuten, dann klingele ich noch einmal und drücke anschließend ein wenig ungeduldig gegen den Klinkenknauf. Zu meiner Überraschung lässt sich die Tür ganz einfach öffnen.

Ich schlüpfe in den Hausflur, husche den schmalen Gang entlang und finde mich kurz darauf vor der geschlossenen Praxistür wieder. Mist!

Hier hängt das gleiche Schild wie neben dem Außeneingang, nur etwas kleiner. Eine Klingel gibt es nicht. Komisch eigentlich, dass mir das bisher noch gar nicht aufgefallen ist. Allerdings bin ich auch noch nicht so oft hier gewesen. Hin und wieder mal, um Anna abzuholen, und dann stand meistens die Tür offen und man konnte direkt zum Anmeldetresen und in den Warteraum gehen.

Moms ist allergisch gegen Tierhaare – das behauptet sie zumindest – und erlaubt uns daher nicht, einen Hund, eine Katze oder auch nur eine klitzekleine Maus zu halten. Teo besaß mal eine Schildkröte, die hieß Frau Schmittberger-Leichtfuß und war eigentlich ganz niedlich. Blöderweise hat mein Bruder, dieser Idiot, sie unbeaufsichtigt im Garten herumlaufen lassen, woraufhin sie die Gelegenheit beim Schopf gepackt hat und leichten Fußes unter dem Zaun hindurch ins wilde freie Leben spaziert ist.

Pops, Moms und ich haben sie tagelang gesucht und alle Nachbarn alarmiert, aber Frau Schmittberger-Leichtfuß blieb verschwunden, was Teo übrigens nicht die Bohne interessiert hat. Ich glaube, er fand die Schildkröte todlangweilig und ist heilfroh gewesen, dass er sie los war.

Irgendwann später habe ich mitgekriegt, wie er mit seinen beiden besten Kumpels Flo und Hannes über Frau Schmittberger-Leichtfuß gelästert hat. Dass sie eine »feige Sau« sei, weil sie immer sofort den Kopf einziehen würde, wenn man ihr eine Streichholzflamme vor die Nase hielte. Und dass sie bei Pops' altem Plattenspieler nicht einmal bei LP-Geschwindigkeit 33 auf dem Drehteller sitzen bleiben könne und auf der schnellsten Drehstufe sogar wie ein »Geschoss durch die Gegend« flöge.

Da wusste ich, dass mein Bruder nicht nur ein Vollpfosten, sondern auch ein Tierquäler ist, und seither kann ich seine Gegenwart nur noch sehr schwer ertragen. Dazu kommt, dass meine Eltern mir die Geschichte mit den Streichhölzern und dem Plattenspieler noch nicht mal glaubten. Anstatt Teo haben sie damals nämlich mir den Einlauf verpasst, weil sie es nicht besonders nett fanden, dass ich meinen Bruder verpetzt hatte.

»Geschwister müssen doch zusammenhalten«, hat es geheißen.

Ha! Alles mausgraue Theorie!

Mein Vater ist ein Einzelkind und meine Mutter versteht sich mit ihrer Schwester Marga ungefähr so gut, wie ein Panther mit einer Antilope. Insofern war das Ganze auch noch besonders ungerecht.

Aber was soll's? Wenn ich morgens aufstehe und im Bad in den Spiegel schaue, möchte ich mir ruhigen Gewissens in die Augen sehen. Und wenn es um das Wohl eines Tieres geht, petze ich lieber einmal zu viel als zu wenig.

Ohnehin habe ich im Augenblick ganz andere Probleme, denn leider sehe ich mich keinem Spiegel, sondern der geschlossenen Tür der Tierarztpraxis Gerlach, gegenüber.

Ob die Notfall-OP beendet ist und Annas Eltern inzwischen nach Hause gefahren sind?

»Warum gibt es auch keine Klingel!«, fluche ich leise und umfasse hoffnungsvoll den Türknauf.

Wieso sollte ich nach einem Tag voller unheilvoller Ereignisse nicht zur Abwechslung zweimal hintereinander Glück haben? Ich meine, das wäre doch nur gerecht.

Dummerweise ist die Tür anderer Ansicht.

Sie will mich nicht hindurchlassen, also klopfe ich dagegen. Zuerst zaghaft, dann ungeduldig und schließlich immer energischer. Zwischendurch presse ich mein Ohr an das Türblatt und versuche zu erlauschen, ob sich dahinter in den Praxisräumen etwas tut.

Aber nichts. Ich vernehme nicht das geringste Geräusch. Oh Mann, wie frustrierend Stille doch sein kann! Offenbar bleibt mir nichts anderes übrig, als die 110 anzurufen und mich nach einer Notfallstation für Tiere zu erkundigen.

Ich will mich gerade abwenden und mein Handy hervorholen, als ich leise Schritte höre. Nicht mal einen Atemzug später öffnet sich die Praxistür einen Spalt breit und Herr Gerlach steckt seinen Kopf heraus.

»Du?« Überraschung huscht über sein kantiges Gesicht und nun macht er die Tür ganz auf. »Falls du Anna suchst, sie ist nicht hier.«

»Ich weiß. Anna hat mir erzählt, dass Sie einen Notfall hatten. Und jetzt bringe ich Ihnen noch einen«, sage ich und halte ihm den Einkaufskorb entgegen. »Hier drin ist eine junge Katze. Sie ist von einem Bus angefahren worden.«

»Ach herrje.« Herr Gerlach tritt einen Schritt zur Seite. »Dann komm mal rein. Hast du es etwa mit angesehen?«, fragt er zögernd.

Ich schlucke und nicke. Und plötzlich fange ich an zu zittern. Ich bin so erleichtert darüber, endlich Annas Vater gegenüberzustehen. Und gleichzeitig habe ich schreckliche Angst, dass es vielleicht doch nicht gereicht hat, dass ich nicht schnell genug war und nun möglicherweise doch jede Hilfe zu spät kommt.

»Ich weiß nicht mal, ob sie noch lebt«, krächze ich. »Zuerst sah es so aus, als ob nur ihr Bein gebrochen wäre. Sie hat ganz schrecklich miaut, aber seit einiger Zeit gibt sie überhaupt keinen Ton mehr von sich …«

»Soll ich mal nachschauen?«, fragt Herr Gerlach und greift vorsichtig nach dem Henkelkorb.

Bereitwillig überlasse ich ihm das Kätzchen.

»Ist Ihre Frau denn überhaupt noch hier?«, erkundige ich mich mit wackeliger Stimme.

»Aber natürlich ist sie das.« Herr Gerlach nickt mir aufmunternd zu. Er ist groß und schlaksig und hat dieselben haselnussbraunen Augen und ebenso rote Locken wie Anna. »Alleine wäre ich mit einer Vergiftung ganz sicher nicht zurechtgekommen.«

»Oh«, stoße ich aus. »Eine Vergiftung?«

»Mhm. Leider passiert es immer mal, dass Hunde etwas von der Straße aufnehmen, das ihnen nicht bekommt«, erwidert Annas Vater. »Aber mach dir keine Sorgen: Dem Patienten geht es gut. Er konnte bereits nach Hause entlassen werden. Meine Frau reinigt nur noch die Geräte.«

Vorsichtig stellt er Moms' Einkaufskorb auf einen kleinen Tisch neben dem Anmeldetresen. Ich kann kaum hinsehen, als er meinen Pulli zur Seite legt und mit gerunzelter Stirn in den Korb schaut. Mein Puls schnellt ruckartig in die Höhe und für ein paar Sekunden stockt mir der Atem, bis Herr Gerlach den Blick wieder hebt.

»Sie lebt«, sagt er lächelnd. »Aber sie scheint ziemlich erschöpft zu sein. Wann genau ist der Unfall denn passiert?«

»Das weiß ich nicht«, gebe ich achselzuckend zurück. »Ich habe nicht auf die Uhr gesehen, aber ich schätze mal, vor ungefähr einer halben Stunde. Hoffentlich hat sie keine schweren inneren Verletzungen.«

Herr Gerlach schüttelt den Kopf. »Ich bin zwar kein Tierarzt«, meint er, »aber ich halte es dennoch für ziemlich unwahrscheinlich. Wie es aussieht, hat es ihr rechtes Hinterbein erwischt. Bestimmt hat sie schmerzhafte Prellungen und es scheint auch etwas gebrochen zu sein. Die Röntgenbilder werden darüber Aufschluss geben und dann wird die Frau Doktor entscheiden, wie wir weiter vorgehen.«

»Heute entscheidet die Frau Doktor gar nichts mehr«, ertönt die Stimme von Annas Mutter aus dem Gang, der zum Labor und den Ruheräumen führt.

Als sie um die Ecke kommt und mich erblickt, stutzt sie.

»Emely! Nanu? Also, falls du Anna suchst …«

»Tut sie nicht«, fällt ihr Mann ihr ins Wort und deutet auf den Einkaufskorb. »Emely hat uns noch ein bisschen Arbeit mitgebracht.«

Es dauert über eine Stunde, bis die kleine Katze fertig untersucht, geröntgt, operiert und schließlich mit Medikamenten und einem festen Strumpfverband versorgt ist.

»Das größte Problem wird sein, sie ruhig zu halten, damit sie ihren Verband nicht verliert und der gebrochene Knochen gut wieder zusammenwachsen kann«, meint Frau Gerlach, nachdem sie das noch schlummernde Bündel in den Einkaufskorb zurückgelegt hat. »Sobald sie aufwacht und sich einigermaßen orientieren kann, wird sie einen Bärenhunger haben«, erklärt sie mir. »Das ist eine Nebenwirkung der Betäubung, die einerseits ganz hilfreich sein kann, weil die Tiere so nicht in Appetitlosigkeit verharren, sondern schnell wieder zu Kräften kommen. Andererseits fördert es aber auch ihren Bewegungsdrang. Und das wäre in diesem Fall nicht so gut.«

»Ich werde es Frau Roemer schon erklären«, versichere ich.

»Gut.« Annas Mutter schenkt mir ein erschöpftes Lächeln. »Wir schicken die Rechnung also an diese Adresse hier«, erwidert sie und tippt auf den Zettel, auf dem ich Frau Roemers Daten notiert habe und der nun auf dem Anmeldetresen liegt. »Es wäre allerdings gut, wenn sie in ein paar Tagen noch mal vorbeischauen würde. Dann könnten wir überprüfen, ob der Bruch gut verheilt, und vielleicht auch noch mal den Verband wechseln.«

»Hmm.« Ich nicke. »Sag ich ihr.«

»Na, dann wollen wir mal los«, meldet sich Annas Vater zu Wort. »Ich habe dein Fahrrad schon in den Bus geladen.«

»Dann war es also noch da!«, rufe ich erleichtert aus.

Herr Gerlach grinst. »Jaaa … Glück gehabt.«

Ich grinse zurück und mit einem Mal fällt mir ein Stein vom Herzen, so schwer wie ein Felsbrocken. Eigentlich hätte man es richtig laut poltern hören müssen.

Wer weiß, vielleicht beginnt ja jetzt zur Abwechslung wirklich mal eine Phase, in der alles wie geschmiert läuft. Gerecht wäre es jedenfalls, finde ich.

Von unterwegs aus rufe ich noch einmal Moms an, um ihr zu sagen, dass ich mich mittlerweile auf dem Heimweg befinde. Es stellt sich heraus, dass sie noch immer im *Dress 'n Veggies* ist, weil es dort etwas Wichtiges zu besprechen gäbe. – Aha.

Von der Praxis aus habe ich zweimal mit ihr telefoniert, und da hatte es noch geheißen, dass sie pünktlich zu Hause sei. Aber gut. Es kann sich natürlich immer mal anders ergeben. Das kenne ich schon. Und dass Moms nicht besonders scharf darauf ist, mit Teo und mir über die Trennung zu sprechen, verstehe ich durchaus. Vielleicht ist ihr alles andere sogar lieber und sie versucht, den Zeitpunkt, in dem wir daheim aufeinandertreffen, möglichst weit hinauszuzögern, um sich für meinen Bruder und mich in Ruhe eine einigermaßen gut verdauliche Erklärung zurechtzulegen. Ich für meinen Teil habe ihr ja auch nicht die Wahrheit gesagt.

Von dem verunglückten Kätzchen habe ich ihr nichts erzählt und sie stattdessen in dem Glauben gelassen, dass ich bei Anna bin. Den kaputten Garderobenspiegel und die Delle in der Schuhkommode habe ich ihr allerdings vorsichtshalber schon mal gebeichtet, auch wenn die Beteiligung des Nudelholzes dabei unerwähnt blieb.

Moms hat es erstaunlich gelassen aufgenommen.

Puh! So kann es ab jetzt meinetwegen gerne weitergehen.

Doch keine zehn Minuten später bekommen meine schönen Hoffnungen die ersten Risse.

Herr Gerlach hat den weißen Praxis-Bus inzwischen vor Frau Roemers Haus in der August-Macke-Straße angehalten und Moms Hollandrad herausgehievt und gegen den Zaun gelehnt.

»Vielleicht sollte ich noch kurz mitkommen«, schlägt Annas Mutter vor. »Den Ratschlägen einer Tierärztin misst Frau Roemer bestimmt mehr Bedeutung bei als denen eines elfjährigen Mädchens.«

»Ach, nein, lassen Sie nur«, wiegele ich ab. »Ich krieg das schon hin. Bestimmt ist sie mir schrecklich dankbar, weil ich ihr Kätzchen gerettet habe, und macht alles, was ich ihr sage.«

Frau Gerlach, die ihre glatten, hellblonden Haare im Nacken zusammengebunden trägt, legt sich eine herausgelöste Strähne hinters Ohr und tut einen langen tiefen Atemzug. Ihr Gesicht ist blass und um ihre blauen Augen liegen dunkle Schatten. Es ist nicht zu übersehen, dass dieser Tag sehr anstrengend für sie gewesen ist.

»Du bist ein feiner Kerl, Emely«, sagt sie und streicht mir flüchtig über die Wange. »Ich bin sehr froh, dass du mit Anna befreundet bist.«

»Ich auch«, sage ich. »Und wie!«

Ich muss nur noch eine Kleinigkeit wieder ins Lot bringen, füge ich im Stillen hinzu, während ich die Wagentür öffne und auf den Bürgersteig hinausspringe.

»Also, dann viel Erfolg«, wünscht Frau Gerlach mir.

»Danke!«

Ich schlage die Tür zu, winke Annas Eltern noch einmal kurz nach, und der Bus rollt weiter.

»Wird schon werden«, murmele ich und wende mich dem Plattenweg zu.

Das Haus von Frau Roemer wirkt jetzt, nachdem es Abend geworden und die Sonne untergegangen ist, fast noch abweisender als vorhin. Immerhin sind die Jalousien nicht mehr heruntergelassen. Es scheint also jemand daheim zu sein.

Unwillkürlich gleitet mein Blick zum Nachbarhaus hinüber, in dem nun alle Fenster geschlossen sind.

Als ob hier niemand etwas mit dem anderen zu tun haben will!, schießt es mir durch den Kopf. Vielleicht ist aber auch nur Frau Roemer komisch, denke ich und Unbehagen steigt in mir hoch. Ihre Nachbarin hat vorhin jedenfalls nicht besonders freundlich von ihr gesprochen.

Was, wenn sie das Kätzchen nicht gut behandelt? Und sich womöglich weigert, die Rechnung zu bezahlen.

Hastig schiebe ich diese Gedanken beiseite und gehe mit schnellen Schritten den Plattenweg entlang auf die Haustür zu.

Ich klingele einmal. Zweimal. Dreimal. Immer im Abstand von ungefähr zwei Minuten.

Als sich auch nach dem dritten Mal nichts tut, trete ich einen Schritt zurück und versuche durch eins der vorderen Fenster im Erdgeschoss zu spähen. Doch die Gardinen sind dermaßen blickdicht, dass ich nicht mal Hell-Dunkel-Schattierungen geschweige denn Schemen von Möbeln oder gar Menschen ausmachen kann.

Plötzlich spüre ich eine sanfte Berührung an meinen Waden. Vor Schreck lasse ich fast den Einkaufskorb fallen. Als ich die hübsche, hellgrau getigerte Katze mit den weißen Pfoten um mich herumstreichen sehe, stöhne ich leise auf.

Himmel noch mal, Emely, was hast du denn gedacht? Doch nicht etwa, dass Frau Roemer ein Monster auf dich loslässt!

»Hey«, sage ich leise. »Ich wette, du bist die Minka. Und weißt du was … Ich habe dir dein Baby mitgebracht.«

Ich gehe in die Hocke, stelle den Korb neben mir ab und streiche der Katze über das weiche Fell. Eigentlich stehe ich ja mehr auf Hunde, aber diese getigerte Dame gefällt mir ausgesprochen gut.

»Wo ist denn dein Frauchen?«, frage ich und hebe sie auf meinen Arm.

Augenblicklich stupst sie ihren Kopf unter mein Kinn und schnurrt wie ein Minitrecker.

»Vielleicht kannst du mir ja helfen, ins …«

Der Rest des Satzes bleibt mir auf der Zunge kleben, denn in diesem Moment wird die Haustür mit einem Ruck aufgerissen und ich sehe mich einer hageren gebeugten Frau mit straff zurückgekämmten grauen Haaren und zornig funkelnden kohlschwarzen Augen gegenüber. Oh mein Gott! Wenn ich nicht genau wüsste, dass man Hexen normalerweise nur in Märchenbüchern antrifft, würde ich schwören, hier und jetzt vor einer zu stehen.

»*Ich,* mein Fräulein«, keift sie los. »Ich werde dir helfen … wenn du nicht *sofort* meine Katze loslässt und von meinem Grundstück verschwindest!«

»A-aber …«, stammele ich.

»Nix aber!«, faucht die Frau. Sie kommt einen Schritt auf

mich zu und fuchtelt drohend mit den Armen. »Mach gefälligst, dass du wegkommst!«

Auf der Stelle hört Minka auf zu schnurren. Reflexartig spannt sie die Muskeln an und ihre spitzen Krallen bohren sich durchs T-Shirt hindurch bis in meine Haut. Dann springt sie in hohem Bogen von meinem Arm herunter, prescht durch den Vorgarten und taucht unter der Buchsbaumhecke ab.

Ich unterdrücke einen Schmerzensschrei, beiße mir stattdessen in die Unterlippe und weiche sicherheitshalber ein Stück in Richtung Bürgersteig zurück.

»I-ich bringe Ihnen doch nur Ihr Ka-Katzenjunges«, stammele ich. »Es ist heute Nachmittag vor einen Bus gelaufen. Ähm … Sie sind doch Frau Roemer, oder?«

»Allerdings.« Die Alte kneift die Augen zusammen, kräuselt ihre dünnen Lippen und mustert mich abschätzig. »Ich vermisse kein Katzenjunges«, knurrt sie.

»A-a-aber …?«

»Das Viech gehört mir nicht«, zischt sie. »Verstanden?«

Ungläubig sehe ich sie an.

Wahrscheinlich wäre es tatsächlich das Beste, wenn ich mich einfach umdrehe und davonlaufe. Doch was wird dann aus dem Kätzchen?

Ich versuche es also noch mal.

»Ich habe gesehen, wie es unter Ihrem Zaun hervorkam und auf die Straße lief«, sage ich und bemühe mich um einen festen Tonfall. Die alte Hexe soll bloß nicht denken, dass ich Angst vor ihr habe und mich so ohne Weiteres vergraulen lasse.

»Das bedeutet gar nichts«, erwidert sie harsch. »Katzen streifen nun mal umher. Sie kennen keine Grundstücksgrenzen. Ich besitze jedenfalls nur eine. Und das ist meine Minka.« Für einen Sekundenbruchteil streift ihr Blick Moms' Einkaufskorb, dann fixiert sie wieder mich. »Für alle anderen ist hier kein Platz.«

Mit diesen Worten wendet sie sich ab und verschwindet im Haus.

Und ich stehe da wie von einer Horde Lämmer umgeben und starre fassungslos auf die Tür, die Frau Roemer gerade ziemlich geräuschvoll hinter sich geschlossen hat.

Mannomann! Wie kann man bloß so hartherzig sein! Das krieg ich einfach nicht in den Kopf. Diese Hexe mag ihre Minka, aber deren Jungen nicht? Warum zum Teufel lässt sie die Katze dann nicht sterilisieren? Weil sie anderen Menschen nicht vertraut und Ärzten erst recht nicht? Weil sie geizig ist und kein Geld dafür ausgeben will? Aber was macht sie dann bloß mit den Kätzchen? Einfach alle loslaufen lassen und darauf hoffen, dass die armen Dinger überfahren werden? Oh nein. Oh nein! Das kann ich mir beim besten Willen nicht vorstellen!

Doch dann sehe ich plötzlich wieder diesen komischen Gesichtsausdruck ihrer Nachbarin vor mir – und mit einem Mal wird mir eiskalt.

Ich greife den Einkaufskorb mit dem noch immer schlummernden Kätzchen darin und renne zum Bürgersteig zurück. Zehn Sekunden später befindet sich der Korb auf dem Gepäckträger von Moms' Hollandrad und ich trete in die Pedale, als wäre der Teufel höchstpersönlich hinter mir her.

Zwei der gleichen Art

Erst als ich das Rad vor unserer Haustür zum Stehen gebracht habe, fange ich an, darüber nachzudenken, wo ich das Kätzchen am besten unterbringe, ohne dass meine Mutter es bemerkt.

Im Keller möchte ich es nicht lassen, auch wenn es dort wahrscheinlich am wenigsten auffallen würde. Aber dort stehen noch jede Menge Kartons von Pops herum, in dem er den ganzen Souvenirkram aufbewahrt, für den sich bisher noch kein Platz in seinem Arbeitszimmer gefunden hat. Ich befürchte einfach, dass das Kätzchen sich aus lauter Angst in diesen Kartons oder sogar hinter dem Trockner oder der Waschmaschine verkriechen und dadurch womöglich noch mehr verletzen könnte.

»Es hilft nichts, Em«, sage ich mir. »Du musst es mit in die Wohnung nehmen.«

Es ist ja sowieso nur für den Übergang. Das Motto des morgigen Tages wird sein, einen neuen Besitzer für die kleine Katze zu finden. Notfalls muss ich sie ins Tierheim bringen, was ich jedoch für die schlechteste Lösung halte. Aber vielleicht können mir ja auch die Gerlachs helfen.

Nachdem ich mich vergewissert habe, dass das Kätzchen noch immer nicht aufgewacht ist, stelle ich den Einkaufskorb im Hausflur ab, bringe rasch das Fahrrad runter und haste sofort wieder die Treppe hinauf. Narkose hin oder her: Es behagt mir ganz und gar nicht, das verletzte Tierkind auch nur eine Sekunde aus den Augen zu lassen.

So leise wie möglich öffne ich die Innentür, tappe in die Diele und lausche. Aber ich vernehme weder Stimmen noch Küchengeräusche oder den Fernseher. – Fantastico! Moms ist also noch nicht zu Hause.

Während ich meine Chucks abstreife, registriere ich aus den Augenwinkeln, dass Teos Tür offen steht. Das ist blöd, denn daran muss ich vorbei, um in mein Zimmer zu gelangen. Es sei denn, ich bringe das Kätzchen im Bastelzimmer im Obergeschoss unter. In dem Fall könnte ich von der Küche ins Esszimmer huschen und dort die Wendeltreppe benutzen. Aber das gefällt mir auch nicht. Denn das Bastelzimmer befindet sich direkt neben dem Aufgang zur Mansarde, also ganz in der Nähe des Elternschlafzimmers. Nicht auszudenken, wenn Moms heute Nacht einen Niesanfall oder womöglich sogar einen allergischen Schock bekäme!

Okay, Em, rede ich mir zu. Dann bist du jetzt eben so lautlos wie eine Elfe und schwebst einfach an Teos Tür vorbei.

Hahaha! Ausgerechnet ich!, durchzuckt es mich und ich zeige mir im Geiste selber einen Vogel. Eine Elfe passt ja wohl noch weniger zu mir als eine Prinzessin.

Bisher ist es mir nämlich nicht ein einziges Mal gelungen, mich mehr als drei Schritte durchs Haus zu bewegen, ohne irgendein Geräusch zu verursachen. Entweder rauscht meine Jacke, kurz nachdem ich sie an die Garderobe gehängt habe, hinter mir zu Boden oder Ed Sheeran dudelt los – was heute allerdings garantiert nicht passieren wird. Jedenfalls bin ich noch nie auch nur ansatzweise durchs Haus geschwebt.

»Ich werde mir die allergrößte Mühe geben«, verspreche ich, umfasse den Henkel des Korbes mit festem Griff und laufe los. Tapp … tapp … tapp auf Zehenspitzen am Schuhschrank vorbei, den Blick dabei unentwegt auf Teos offenes Zimmer geheftet, damit ich im Falle eines Falles sofort reagieren kann. Zumindest theoretisch. Denn wohin ich den Korb mit dem Kätzchen auf die Schnelle verschwinden lassen soll, ist mir völlig schleierhaft. Aber vielleicht sitzt mein Bruder ja mit dem Rücken zu mir an seinem Schreibtisch und …

RUMS!, macht es da und ein scharfer Schmerz fährt mir in die Stirn. Benommen taumele ich zurück, mein Fuß knickt um und einen Atemzug später finde mich auf dem Boden wieder. Einen kurzen Moment lang ist mir schwindelig, aber den Einkaufskorb halte ich sicher in der Hand.

Dort, wo eben noch freie Sicht war, befindet sich jetzt die Küchentür. Und dahinter lugt mein Bruder hervor. Seine geschockte Miene weicht innerhalb von Sekundenbruchteilen einem Ausdruck vergnügter Erleichterung.

»Mann, hast du mir einen Schrecken eingejagt!«, platzt es aus ihm heraus. »Ich dachte schon, du wärst Moms.«

»Nee, keine Sorge, das hier bin nur ich«, antworte ich und reibe mir stöhnend über die Stirn. »Macht gar nichts, dass mir gerade ein Riesenhorn wächst.«

»Besser dir als Moms«, erwidert Teo lapidar und kommt nun ganz hinter der Tür hervor. »Außerdem: Selbst schuld, wenn du Tomaten auf den Augen hast. Besorg dir gefälligst endlich eine Brille.«

»Morgen«, brumme ich, während ich vorsichtig meinen umgeknickten Fuß vorstrecke und ausprobiere, ob ich noch alle Zehen bewegen kann. »Und dann werde ich als Erstes deine Pickel zählen und mir Notizen über deren Zustand machen.«

»Klar.« Teo tippt sich an die Schläfe. »Hast ja auch nix Besseres zu tun.«

»Worauf du dich verlassen kannst«, brumme ich und rappele mich etwas umständlich auf die Beine.

Mein Bruder sieht mir interessiert dabei zu, macht allerdings keine Anstalten, mir zu helfen.

»Ähm … Was schleppst du da eigentlich in Moms' Einkaufskorb mit dir rum?«, erkundigt er sich.

»Geht dich gar nichts an«, knurre ich, schalte den Turbogang ein und steuere auf mein Zimmer zu.

»Schon möglich.« Teo hält mich am Handgelenk zurück. »Ich will es aber trotzdem wissen.«

»Ph!«, sage ich und reiße mich mit einem kräftigen Ruck von ihm los. »Du kannst mich mal sonst was.«

»Besten Dank, da wüsst ich wirklich Schöneres«, entgegnet mein Bruder, macht einen langen Satz und stellt sich mir in den Weg. Seine Hand schnellt vor und greift nach dem Einkaufskorb. »Jetzt stell dich nicht so an und …«

Ein Maunzen bringt ihn mit einem Schlag zum Schweigen – und mir plumpst das Herz in die Hose. Oh, mein Gott, was mache ich jetzt bloß? Fieberhaft durchforste ich meine durch den K.o.-Schlag mit der Küchentür arg in Mitleidenschaft gezogenen Gehirnzellen.

»Das kam von draußen«, wäre eventuell eine Möglichkeit. Oder: »Aaah, wir haben als Katzen getarnte Mäuse im Haus!«

Doch dann wird mir plötzlich klar, dass das Maunzen viel zu laut und zu fordernd klang, als dass es von dem narkotisierten Katzenbaby in Moms' Einkaufskorb herrühren konnte.

Ich registriere, wie Teos Augen sich weiten. Eine Sekunde später hechtet er auf seine Zimmertür zu, und da sehe ich sie – die kleine eisgraue Katze, die genau in dieser Sekunde in die Diele geflitzt kommt.

»Was ist das denn?«, stoße ich aus.

»Siehst du doch: ein bengalischer Tiger«, erwidert mein Bruder. Er stützt sich im Türrahmen ab und wirbelt zu mir herum. »Fass ihn bloß nicht an!«

Doch da hängt mir das graue Fellknäuel bereits an der Jeans. Flink wie ein Wiesel klettert es an mir hoch, und ehe ich michs versehe, hockt es bereits auf meiner Schulter und haut mit seinen winzigen Pfoten auf die Nieten an meiner Häkelmütze ein.

»Scheiße!«, flucht Teo. »Wehe, du verpetzt mich bei Moms.«

»Ach, Pops darf ich es also ruhig erzählen, oder was?«, wundere ich mich.

Teos Augen funkeln zornig. »Der zieht ja sowieso aus. Außerdem …« Er bricht ab und macht eine abwehrende Geste.

»Was?«, hake ich nach und bemühe mich nach Leibeskräften, den als Plüschkätzchen getarnten bengalischen Tiger davon abzuhalten, in den Einkaufskorb zu krabbeln.

»Na …« Unentschlossen wirft mein Bruder seinen Kopf

hin und her, was er immer macht, wenn er nicht gleich mit der Sprache herauswill. Dass es ziemlich bescheuert aussieht, brauche ich wohl nicht zu erwähnen.

»Na, was?«, ermuntere ich ihn. »Jetzt sag schon!«

»Na, was wohl!« Teo verdreht die Augen und schlenkert noch ein bisschen mit den Armen. »Der Tiger ist von ihm!«

Ich kapiere nur Bahnhof. Und Tiger. Und sonst gar nichts.

»Pops hat ihn angeschleppt«, hilft mein Bruder mir auf die Sprünge.

»Wie?« Ich schüttele den Kopf. »Wann?«

»Na, heute Nachmittag. Als du sonst wo gewesen bist!«

»Ich war nicht *sonst wo*, sondern bei Jonathan«, präzisiere ich.

Der Gedanke an meinen besten Kumpel jagt mir erneut einen Stich in die Brust. Vielleicht sollte ich … Nein. Nein. Stopp, Emely!, weise ich mich mitsamt meiner aufkeimenden Sentimentalität in die Schranken. *Du* bist bestimmt nicht diejenige, die auf *ihn* zugehen muss.

»Der Arme«, spottet Teo. »Tut mir echt leid, der Typ, dass er sich mit einer Klette wie dir herumschlagen muss.«

Hä?

»Ich bin doch keine Klette!«, protestiere ich.

»Klar doch.« Teo grinst so breit, dass man ihm eine Salatgurke quer in den Mund schieben könnte. »Der gibt sich natürlich freiwillig mit dir ab. Ruft ständig hier an …«

»Hat er das?«, rutscht es mir heraus.

Im selben Moment fallen mir zwei Dinge gleichzeitig ein: Erstens, wie idiotisch ich mich hier gerade aufführe, und zwar in jeder Hinsicht, und zweitens, dass Jona mir ja bereits an die hundert Nachrichten über WhatsApp geschickt hat, die ich eigentlich nur zu lesen brauche.

Dazu bist du noch nicht bereit, Em, ermahne ich mich sofort.

Teo zeigt mit dem Finger auf mich und lacht sich halb tot.

»Du müsstest dich mal sehen, wie du guckst! Hahaha, wie ein Pavian, dem man in den Hintern gekniffen hat. Und jetzt gib mir gefälligst den Hulk zurück!«, fordert er und wedelt ungeduldig mit der Hand.

Wie bitte? »Wen?«

»Den bengalischen Tiger.«

»Waaas?«, rufe ich. »Du hast dieses süße kleine Kätzchen Hulk genannt?«

»Nicht Hulk, sondern *der Hulk*«, betont mein Bruder. »Schließlich ist er kein brasilianischer Nationalspieler, sondern ein Kater.«

»Bist du sicher?«

»Na klar«, gibt Teo kopfschüttelnd zurück. »Das sieht man doch. Allein schon am fehlenden Trikot … Und an der Anzahl der Beine, logischerweise.«

»Ich meinte, dass es ein Kater ist und keine Katze«, stöhne ich. Mit Fußball habe ich nun echt nichts am Hut. Ich wusste ja nicht einmal, dass es in Brasilien einen Spieler gibt, der Hulk heißt, sondern kenne nur diesen komischen Filmriesen, der knallgrün anläuft, sobald er sich aufregt.

»Hat Pops zumindest gesagt«, brummt Teo. »Außerdem sieht man das auch. An den Eiern«, setzt er hinzu und macht Anstalten, mir den kleinen Hulk vom Arm zu klauben. Aber ich drehe mich blitzschnell weg, sodass mein Bruder ins Leere greift.

Es fehlte nämlich gerade noch, dass er dem kleinen Hulk zwischen die Hinterbeine fasst.

»Ach ja?«, sage ich. »Und Pops hat ihn dir also geschenkt?«

»Klar, du warst ja nicht da«, entgegnet Teo in einer Art und Weise, als ließe sich mit diesem Umstand der Untergang des Universums rechtfertigen.

»Und wieso hat er ihn dir geschenkt?«, bohre ich weiter.

»Keine Ahnung. Vielleicht, um mich zu trösten, weil er wegzieht.«

»Klar«, höhne ich. »Nachdem du dir heute Mittag im *Di Angelo* quasi beide Augen auf einmal aus dem Gesicht geheult hast!«

»Das kannst du doch gar nicht wissen«, knurrt Teo.

»Nee, weil du direkt abgehauen bist und mich mit Pops und seinem Gesülze allein gelassen hast«, fahre ich ihn an.

Dieser Idiot soll mir bloß nicht weismachen, dass er tatsächlich geflennt hat. Das glaube ich nämlich im Leben nicht!

»Was hat er denn gesagt, wieso er Moms verlässt?«, fragt Teo.

Das »und uns« bleibt unausgesprochen, dafür aber umso erdrückender, zwischen ihm und mir in der Luft hängen.

»Weil er irgendwelche neuen Chancen ergreifen will, die sich ihm gerade bieten«, fauche ich. »Und er es womöglich später mal bereuen würde, wenn er sie einfach an sich vorbeiziehen lässt.«

Eigentlich will ich meinem Bruder gar nichts davon erzählen, aber mit irgendjemandem muss ich ja drüber reden.

Teo presst die Lippen aufeinander. »Was denn für Chancen?«

»Weiß ich nicht«, knurre ich. »Wahrscheinlich beruflich. Vielleicht hat er ein Angebot aus Südamerika oder Indien bekommen. Da wollte er doch schon immer mal für längere Zeit hin.«

»Quatsch«, sagt Teo. »Das hätte er doch erwähnt. Und mir hat er vorhin auch nichts erzählt. Bloß ein paar Sachen zusammengesucht. Und dann war er auch schon wieder weg.« Mein Bruder kratzt sich unschlüssig hinter dem Ohr. »Ich nehme an, den wahren Grund darf Moms uns nachher verklickern.«

»Hmm.«

Wir sehen uns an – viel zu lange für ein Geschwisterpaar, das sich wegen allem und jedem in die Wolle kriegt und froh ist, wenn es nichts miteinander zu tun hat.

»Tut es noch doll weh?«, fragt Teo schließlich und deutet auf meine Stirn.

»Geht schon«, brumme ich.

»Du solltest ein Ice-Pack draufhalten.«

»Danke für den Tipp«, entgegne ich. »Hätte ruhig ein bisschen früher kommen können. Was ich übrigens nicht verstehe«, sage ich dann, »wieso sülzt Pops *mich* voll und schenkt *dir* eine Katze?«

»Weil er es irgendwie gerecht aufteilen wollte?«, meint Teo schulterzuckend.

»Du bist so ein A…«, sage ich und tue so, als ob ich nach ihm treten wollte.

Dadurch bin ich eine Sekunde lang unaufmerksam und die nutzt mein Bruder, um sich den Hulk zu schnappen.

Der bengalische Minitiger fährt die Krallen aus und versucht, sich an meinem neuen Teo-Shirt festzuhalten, mit dem Resultat, dass es noch ein paar weitere Verzierungen in Form von Löchern erhält.

»Reg dich ab«, empfiehlt mein Bruder mir, obwohl ich noch keinen müden Pieps von mir gegeben habe. »Ist sowieso für die Tonne.«

»Haha ... Hast du eine Ahnung«, gebe ich zurück, da höre ich, wie die Haustür geräuschvoll ins Schloss fällt.

»Moms!«, rufe ich, woraufhin Teo zur Salzsäule erstarrt.

»Verdammt, willst du hier Wurzeln schlagen?«, zische ich, schiebe ihn und den Hulk in sein Zimmer, drücke die Tür zu und drehe hastig den Schlüssel um.

Mein Bruder glotzt mich an, als hätte ich nicht alle Tassen im Schrank.

»Ohne mich wärst du längst tot«, kläre ich ihn auf. »Zumindest, wenn wir in freier Wildbahn leben würden.«

»Tun wir aber nicht«, erwidert Teo leise keuchend. »Was machen wir denn jetzt?«

»Frag mich was Leichteres«, sage ich. »Ich weiß wirklich nicht, was Pops sich dabei gedacht hat, dir eine Katze zu schenken. Erstens bist du bekannt dafür, Tiere schlecht zu behandeln, und zweitens ist Moms allergisch gegen Katzenhaare.«

Mein Bruder schüttelt den Kopf.

»Pops meint, sie tut nur so, damit wir keine Tiere anschaffen.«

Moment mal ...

»Und was ist mit Frau Schmittberger-Leichtfuß?«, frage ich. »War die etwa kein Tier?«

»Pssst!« Teo, der mittlerweile mit dem Ohr an der Tür klebt, presst mahnend die Finger an seine Lippen. »Moms ist gerade in der Diele angekommen.«

»Hallo?«, höre ich sie auch schon rufen. »Emely? … Teo? … Jemand zu Hause?«

Dann ein Klopfen an der Tür. Nicht mal einen Lidschlag später bewegt sich die Klinke nach unten – und danach langsam wieder hoch.

»Teo, was soll das?«, fragt meine Mutter. Ungeduld schwingt in ihrer Stimme. Und Misstrauen. »Du rauchst doch nicht etwa?«

Das wäre für Moms natürlich der Weltuntergang. Schlimmer noch als zwanzig behaarte Haustiere und zehn nackte Mädchen auf einmal in Teos Zimmer.

»Nee, tu ich nicht«, antwortet mein Bruder.

Erstaunlicherweise scheint sie sich damit zufriedenzugeben, denn nun erkundigt sie sich nach mir.

»Hör mal … Ist Emely noch gar nicht zu Hause?«

»Überleg dir gut, was du jetzt sagst«, wispere ich und deute auf den bengalischen Hulk, der inzwischen auf Teos Schulter geklettert ist und gerade beherzt in dessen Ohrläppchen beißt.

»Aouuu!« Mein Bruder verzieht sein Gesicht zu einer schmerzvollen Grimasse.

»Teo?«, fragt Moms. »Was ist passiert?«

»Nix«, erwidert er. »Ich mach bloß Mathe.«

»Oh ja …«, sagt meine Mutter lachend. »Ich erinnere mich: Das tut verdammt weh.«

»Mhm.« Teo packt den Hulk und setzt ihn auf den Boden.

»Vor allem an den Gehirnzellen. Emely ist übrigens hier«, fügt er zu meiner Überraschung hinzu.

»Aha«, meint Moms. »Offenbar geschehen noch Zeichen und Wunder.«

Klar, Zeichen schon, denke ich bei mir. Wunder eher weniger. Ich jedenfalls glaube nicht daran.

»Ich helfe ihr bei den Hausaufgaben«, behauptet Teo.

»Gar nicht wahr!«, widerspreche ich lautstark. »*Ich* helfe *ihm*.«

»Wie auch immer«, erwidert meine Mutter. »Wenn ihr fertig seid, würde ich gerne kurz mit euch reden.«

»Wir auch mit dir!«, rufe ich zurück. Damit bloß keine Missverständnisse aufkommen!

Daraufhin herrscht Stille. Nach einer Weile vernehmen wir Schritte, die sich entfernen.

»Sie hat ihre Schuhe nicht ausgezogen«, raunt Teo.

»Na ja … vielleicht ist ihr nicht gemütlich zumute«, murmele ich.

Mein Bruder guckt ganz komisch und ich spüre, wie sich mein Magen zusammenzieht. Schnell wende ich den Blick ab und tripple leicht mit den Fingern auf dem Boden herum, um den Hulk anzulocken. Mit der anderen Hand halte ich noch immer den Einkaufskorb umklammert.

»Frau Schmittberger-Leichtfuß ist nicht abgehauen«, kommt es auf einmal von Teo.

»Du Spinner! Natürlich ist sie das«, entgegne ich. Doch etwas in seiner Stimme lässt mich aufhorchen und deshalb sehe ich doch wieder zu ihm hin. »Wovon redest du eigentlich?«

»Davon, dass Moms sie damals woanders untergebracht hat.«

»*Wie* woanders?«

»Na bei jemandem, der mehrere Terrarien besitzt und einen ganzen Haufen Schildkröten hält«, sagt Teo wütend, »angeblich, damit Frau Schmittberger-Leichtfuß Gesellschaft hat.«

»Wer sagt das?«, frage ich.

Teo zuckt die Achseln. »Pops.«

»Aber Moms hat damals tagelang zusammen mit uns nach ihr gesucht«, wende ich ein.

»Klar«, sagt Teo, »so was nennt man perfekte Tarnung. Moms könnte glatt beim FBI anfangen. Als *undercover operative spy*, wenn du verstehst, was ich meine.«

Nee, tu ich nicht. Es wäre allerdings dumm, wenn ich mir das anmerken ließe, und deshalb gucke ich so, als würde er mich in diesem Fall völlig zu Unrecht für unterbelichtet halten.

»Logisch«, brumme ich. Immerhin weiß ich, dass das FBI ein amerikanischer Geheimdienst ist. Den Rest kann ich mir ungefähr zusammenreimen. »Hat Pops dir auch erzählt, wo Frau Schmittberger-Leichtfuß jetzt lebt?«

»Wieso? Willst du sie besuchen?«

»Nee«, sage ich, »ich möchte wissen, ob es ihr gut geht.«

»Typisch Weiber!«, stöhnt Teo. »Es ist *nur* eine Schildkröte. Außerdem … du kennst doch Moms. Sie liebt Tiere mindestens genauso abgöttisch wie du«, fügt er hastig hinzu und erstickt damit meinen Protest im Keim.

Ausnahmsweise hat mein Bruder mal recht. Meine Mutter hätte Frau Schmittberger-Leichtfuß niemals in ein Tierheim gegeben. Es ist also anzunehmen, dass Teos Schildkröte inzwischen ein überaus angenehmes Leben führt – und zwar ohne Feuerschluckertraining oder Karussellfahrten auf dem Plattenspieler.

»So, und jetzt will ich endlich wissen, was du in Moms' Einkaufskorb versteckst«, verlangt Teo.

»Du wirst es nicht glauben«, sage ich, schnappe mir den Hulk, der gerade mit lustigen Sprüngen durchs Zimmer setzt, und schiebe den Korb zu meinem Bruder hinüber.

Alles kein Problem

»Ach, du Kacke, wo hast du *die* denn her?« Das ist Teos Kommentar, nachdem er einen ersten Blick auf das schwarz-weiß-orange-bunte Kätzchen erhascht hat. Er deutet auf den blauen Strumpfverband an ihrem rechten Hinterbein. »Ist die verletzt, oder was?«

Ich nicke und erzähle ihm in ein paar knappen Sätzen von meiner Tierarztaktion.

»Was für eine doofe Trulla, diese Frau Roemer«, meint er kopfschüttelnd. »Wartet in aller Seelenruhe darauf, dass ihre Katzenbabys überfahren werden!«

»Ach, das wissen wir doch gar nicht so genau«, wiegele ich ab. »Es ist ja bloß eine Vermutung.«

»Na ja, vielleicht spült sie sie sonst auch einfach im Klo runter oder schmeißt sie in den Müllcontainer.«

»Teo!«, rufe ich empört.

»Es gibt Leute, die tun so etwas«, erwidert er schulterzuckend.

»Ja, ich weiß«, sage ich. »Ich will das aber nicht hören.« Nicht an so was denken und es mir erst recht nicht vorstellen.

»Super, Schwesterherz.« Teo kloppt mir voll mit der flachen Hand auf den Rücken. »Für Tierschutz sein, aber die Augen zumachen und weggucken, wenn es wirklich ernst wird.«

Das sitzt. Und zwar nicht nur, weil es ausgerechnet von ihm kommt, diesem Schildkrötenquäler, sondern vor allem, weil es stimmt.

Okay, ich habe diesem Kätzchen geholfen, und ich werde nicht müde, jedem zu erzählen, dass Tierparks, Zirkusse und Delfinshows in erster Linie den Menschen zur Unterhaltung dienen, für die Tiere jedoch alles andere als lustig sind. Ich esse kaum Fleisch, weil ich gegen Massentierhaltung bin, und ich würde mir niemals eine Creme ins Gesicht schmieren, von der ich weiß, dass man sie in Kaninchenaugen geträufelt hat, um ihre Verträglichkeit zu testen. Ich tue wirklich alles, was ich kann, um mich im Umgang mit Tieren so zu verhalten, dass ich ihnen nicht schade. Allerdings ist das nur ein Tropfen auf den heißen Stein. Das große Leid überall auf der Welt mildert es nämlich überhaupt nicht. Und das macht mich total verrückt. Manchmal möchte ich am liebsten gar nichts darüber hören oder sehen.

Teo dagegen kann sich sogar Filmreportagen anschauen, die zeigen, wie Robben totgeschlagen oder Gänsen bei lebendigem Leib die Federn ausgerissen werden. Er tut dann immer so, als ob ihm das überhaupt nichts ausmachen würde. Keine Ahnung, ob er wirklich so herzlos ist. Vielleicht findet er es auch einfach cool, den harten Kerl herauszukehren, oder es ist seine Art, sich gegen Moms' zuweilen ziemlich nervigen Vegan-Spleen aufzulehnen. Wie auch immer, ich bin jedenfalls froh, dass ich nicht so ticke wie er.

»Und du guckst hin und tust nix«, werfe ich ihm vor. »Erklär mir mal, was besser ist!«

»Ich werde mich um den Hulk kümmern«, erwidert Teo mit stolz hervorgerecktem Kinn. »Damit er weder im Tierheim noch in der Mülltonne landet.«

»Wow! Du bist wirklich ein Held«, sage ich, gebe ihm seinen bengalischen Tiger zurück und ziehe den Einkaufskorb zu mir herüber.

Das Kätzchen ist mittlerweile aus seiner Narkose erwacht. Ein wenig benommen hebt es das Köpfchen und blinzelt mich aus seinen gelben Augen an. Ich hole tief Luft und gebe einen langen Seufzer von mir. Oh Mann! Dieses kleine Wesen ist wirklich zum Herzerweichen niedlich.

»Krieg dich wieder ein«, brummt Teo.

Er knüllt ein Stück Papier zu einem Kügelchen zusammen und schnipst es über den Teppich. Augenblicklich presst der Hulk sich flach auf den Boden. Nur seinen Hintern reckt er in die Höhe, wackelt ihn ein paarmal hin und her und setzt der Kugel dann in langen Sätzen nach. Mit einem gezielten Pfotenschlag erlegt er seine Beute und zerfetzt sie in tausend Schnipsel.

»Den hat Pops echt gut ausgesucht«, sage ich. »Der passt nämlich perfekt zu dir.«

»Sehr witzig«, knurrt Teo. »Anstatt schlaue Sprüche zu klopfen, solltest du dir lieber mal überlegen, wie wir das alles hier Moms verklickern.«

Klar. Wenn es ums Vergnügen geht, ist mein Bruder immer an vorderster Front dabei, sobald es aber anstrengend wird, darf ich herhalten.

Bevor ich aber dazu komme, ihm dies vorzuwerfen, spinnt sich in meinem Kopf bereits ein toller Plan zusammen.

»Es ist wirklich ärgerlich, dass es so spät geworden ist«, begrüßt Moms uns, als Teo und ich fünf Minuten später in die Küche treten. »Aber es ließ sich leider nicht ändern.«

»Mhm«, sage ich. »Ausgerechnet heute.«

»Ja«, erwidert meine Mutter, »… äh, wieso?«

»Du weißt schon«, meint Teo. »Wegen dieser unerfreulichen Geschichte mit Pops.«

»Hm«, macht sie und kräuselt die Lippen. Dabei fällt ihr Blick auf den Einkaufskorb in meiner Hand. »Da ist er ja!«, ruft sie aus. »Ich habe ihn schon vermisst.«

»Oh, tut mir leid.«

Ich zucke entschuldigend die Achseln und stelle den Korb hastig an seinen Platz unter dem Küchentresen zurück, bevor meine Mutter in sein Inneres spähen kann.

»Schon gut.« Moms lächelt milde. »Hauptsache, er ist wieder da. Und ihr zwei, ihr scheint euch während meiner Abwesenheit ja ausnahmsweise recht gut verstanden zu haben.«

Ich stutze, versuche mir aber von meiner Verwunderung nichts anmerken zu lassen. Eigentlich hat das eine ja nicht unbedingt etwas mit dem anderen zu tun. Und davon, dass es in gewisser Weise tatsächlich einen Zusammenhang zwischen dem Wiederauftauchen des Einkaufskorbes und dem ungewohnten Waffenstillstand zwischen meinem Bruder und mir gibt, ahnt meine Mutter im Moment ja noch gar nichts. Oder etwa doch?

»Wollt ihr euch nicht setzen?«, fragt sie jetzt und weist auf den Küchentisch, der für einen gewöhnlichen Donnerstagabend ungewöhnlich festlich gedeckt ist. »Ich habe uns eine Kleinigkeit gekocht.«

»Lecker«, sagt Teo.

Er lässt sich auf seinen Stuhl fallen und betrachtet angewidert den Kartoffel-Tofu-Mix, den Moms in einer weißen Schüssel in der Mitte des Tisches auf einem zartgrünen Läufer angerichtet hat. Rechts und links davon stehen zwei Silberleuchter, in denen türkisfarbene Kerzen brennen, was in Anbetracht des schlichten Geschmacks meiner Mutter ziemlich viel Gedöns ist. Außerdem gibt es eine zweite Schüssel, in der sich ein Salat aus Weißkohl und Radieschen befindet.

»Das hoffe ich«, meint Moms und streichelt Teo flüchtig übers Haar, was ihm ein entrüstetes »Mann ey!« entlockt.

»Ich würde beides nämlich gerne in die Speisekarte vom Veggies aufnehmen.«

»Meinetwegen«, knurrt mein Bruder und zieht hastig seinen Kopf weg.

Meine Mutter macht eine fahrige Handbewegung. Dann greift sie plötzlich nach der Schüssel und schaufelt Teo und mir jeweils einen Riesenhaufen auf den Teller. Für sie selbst bleiben ungefähr drei Scheiben Kartoffeln, ein Würfel Tofu und ein Kresseblättchen übrig.

»Ja, also, dann lasst es euch mal schmecken«, sagt sie, nimmt ihre Gabel und stochert unschlüssig in einer Kartoffelscheibe herum.

Ich starre zuerst sie an, dann richte ich den Blick auf meinen Teller und zwinge mich, tief und gleichmäßig zu atmen, damit mir nicht allen guten Vorsätzen zum Trotz (denn das gehört zum Plan) womöglich doch noch die Hutschnur reißt. Zwischendurch schiele ich immer wieder zum Einkaufskorb hinüber. In meinen Pulli ist mittlerweile Bewegung gekommen, noch ist von der kleinen schwarz-weiß-orangenen Mieze allerdings nichts zu sehen – und auch nichts zu hören. Aber es ist bestimmt nur eine Frage der Zeit, bis sie den ersten Laut von sich gibt. Wenn es nämlich zutrifft, was Annas Mutter über die Nebenwirkung des Narkosemittels gesagt hat, müsste die Kleine mittlerweile vor Kohldampf fast umkommen.

»Der Kraut-Radieschen-Salat ist übrigens auch ganz köstlich«, bricht Moms in meine Gedanken ein.

»Hmmm«, murmelt Teo. »Und ich bin der Osterhase.«

»Wie bitte?« Meine Mutter lässt ihre Gabel sinken und reibt sich über die Augen. »Was hast du gesagt?«

»Dass er der Osterhase ist«, antworte ich anstelle meines Bruders.

»Aha.« Moms wirkt ein wenig irritiert.

Entweder hat sie Teos Bemerkung nicht verstanden oder beschlossen, sie zu ignorieren.

Es ist ja schon öfters vorgekommen, dass sie nach Ladenschluss noch im *Dress 'n Veggies* aufgehalten wurde, aber selten hat sie so geschafft ausgesehen wie heute. Ihren hellen blauen Augen fehlt der Glanz und die blonde Zwanzigerjahre-Pagenfrisur wirkt, als wäre sie eine Perücke, die meine Mutter sich ein wenig schief auf den Kopf gesetzt hat.

»Ja … also …«, sagt sie gedehnt. »Mir ist natürlich klar, dass es nicht ganz einfach für euch ist, aber ich bin sicher, dass sich nicht viel ändern wird.«

»Hä?«

Teo fällt die Kinnlade runter und auch ich bin im ersten Moment fest davon überzeugt, eine Ladung Staub in den Ohren zu haben. – Ein fataler Irrtum! Denn schon mit Moms' weiteren Worten zeigt sich, dass sie es tatsächlich genau so gemeint hat.

»In der letzten Zeit war euer Vater ja ohnehin kaum noch zu Hause«, fährt sie fort. »Ständig hatte er neue Projekte, musste auf Banketten und anderen Festivitäten fotografieren. Ehrlich gesagt, glaube ich, dass es so für uns alle das Beste ist.«

»Ich nicht«, sagt Teo. »Und ich kapiere auch nicht, warum er überhaupt auszieht.« Zwischen seinen Augenbrauen hat sich eine Falte gebildet, die mich stark an Harry Potters Zick-Zack-Narbe erinnert. »Oder hast *du* ihm das etwa vorgeschlagen?«, blafft er meine Mutter an.

Moms schnappt geräuschvoll nach Luft.

»Wie kommst du denn darauf?«

»Ach, nur so«, knurrt Teo, kreuzt die Arme vor der Brust und guckt finster vor sich hin.

Man muss kein Psychodoktor sein, um zu sehen, wie sehr er unter Strom steht. Wahrscheinlich würde er wie heute Mittag am liebsten einfach aufspringen und wegrennen – und damit wieder einmal alles mir überlassen. Und zwar wirklich *alles*.

Meine Mutter sieht eine Weile zwischen ihm und mir hin und her und öffnet schließlich den Mund.

»Miau!«

Teo erstarrt. Wie ein aufgescheuchtes Vögelchen fliegt mein Blick zum Einkaufskorb – und wieder zurück. Ich tue so, als ob ich mich verschluckt hätte, und fange an zu husten.

»Was war das?«, fragt Moms.

»Ähm … Was meinst du?«, antworte ich zwischen zwei Hustern.

»Na, dieses Mi…«

»Ich hab mich an einem Stück Kartoffel verschluckt«, beeile ich mich zu sagen, bevor sie das Wort aussprechen kann.

»Du hast doch noch überhaupt keinen Bissen genommen«, erwidert meine Mutter kopfschüttelnd.

Ich zucke mit den Schultern und huste weiter, während das Kätzchen im Einkaufskorb sich immer lautstärker bemerkbar macht. – Einen Tick zu früh für meinen Geschmack. Denn wenn meine Mutter und das Kätzchen lange genug in einem Raum sind, ist der Beweis erbracht, dass die Sache mit der Allergie reiner Schwindel gewesen ist.

»Dann ist es wohl nur Spucke gewesen.«

Moms schüttelt den Kopf. »Dein Ablenkungsversuch in allen Ehren, Emely …« Sie mustert mich fast ein bisschen belustigt. »Er ist allerdings nicht wirklich durchdacht und funktioniert daher auch nicht richtig. Also heraus mit der Sprache: Wo habt ihr die Katze versteckt?«

»Welche Katze?«, platzt es aus meinem Bruder heraus.

»Wir haben keine Katze«, bekräftige ich.

»Würde uns auch niemals einfallen«, unterstützt Teo mich. »Wo du doch total allergisch gegen Tierhaare bist und deine Augen schon zu tränen anfangen, sobald du nur an eine Katze denkst.«

Ich nicke energisch. »Eben.«

»Miauuu!«, maunzt der Einkaufskorb.

»Das ist doch Unsinn«, erwidert meine Mutter und erhebt sich von ihrem Stuhl. »Außerdem weiß ich genau …«, setzt sie zögernd hinzu, während sie die Küchenanrichte anpeilt.

»Was?«, ruft Teo. »Was weißt du genau?«

»Na, dass euer Vater …«, murmelt Moms.

Sie lässt sich in die Hocke hinunter und streckt ihre Hand nach dem Einkaufskorb aus.

»Stopp!«, brülle ich, springe auf und hechte auf sie zu. »Nicht anfassen!«

»Wieso denn nicht?« Meine Mutter schaut mich mit gespielter Verwunderung an. »Das ist doch nur dein Pulli. Oder hat der neuerdings etwa scharfe Zähne?«

»Nein«, jaule ich und versuche, den Henkel des Korbes zu ergreifen, doch Moms schiebt mich sanft, aber bestimmt zur Seite.

»Okay, ich gebe mich geschlagen.« Meine Stimme überschlägt sich fast. »Da drin ist eine kleine Katze. Sie ist schwer verletzt und darf nur ganz vorsichtig angefasst werden.«

»Wie bitte?« Empörung breitet sich in Moms' Gesicht aus. »Euer Vater hat euch eine verletzte Katze geschenkt?«

Hä?, denke ich mit mindestens tausend Fragezeichen dahinter.

»Woher weißt du das?«, stammele ich und sehe zu meinem Bruder hinüber, der ein wenig bleich um die Nase geworden ist. »Und wieso *uns*? Ich dachte, der bengalische Tiger ist nur für Teo.«

»Moment mal …« Moms zieht alarmiert die Augenbrauen nach oben. »Von einem bengalischen Tiger ist nie die Rede gewesen.«

»Und zu welchem Zweck war Pops heute Vormittag dann im Tierpark?«, frage ich provozierend.

Wenn ich das Puzzle korrekt zusammensetze, komme ich nämlich zu folgendem Ergebnis: Meine Eltern haben *gemeinsam* beschlossen, meinem Bruder und mir als Trostpflaster für die unmittelbar bevorstehende Trennung ein junges Kätzchen zu schenken. Pah! Für einen solchen mega-ultra-bescheuerten Einfall verdienen Moms und Pops es einfach nicht anders, als dass Teo und ich unser Spiel jetzt außerplanmäßig auf den äußersten Gipfel der Spitze treiben. Hoffentlich blickt mein Bruder das und hoffentlich zieht er mit!

Meine Mutter lacht irritiert.

»Sicher nicht, um einen echten Tiger zu kaufen und …«

»Ein Tigerjunges«, fällt Teo ihr ins Wort. »Das kann man in den ersten drei Wochen noch ganz normal im Zimmer halten. Danach braucht es natürlich ein richtiges Gehege.«

»Mit ziemlich viel Auslauf«, betone ich und zwinkere meinem Bruder verstohlen zu. »Wahrscheinlich müssen wir dafür unseren ganzen Garten opfern.«

»Nein.« Moms schüttelt den Kopf. »Das war so nicht … Das kann unmöglich …«, stammelt sie, stützt eine Hand auf der Arbeitsplatte ab und drückt sich in den Stand. »Ich muss jetzt erst mal mit Gregor telefonieren.«

Teo und ich warten, bis sie in der Diele verschwunden ist, dann prusten wir los. Es ist ein seltsames Gefühl, fast so, als würden wir plötzlich gleich ticken, und das gefällt mir gar nicht. Der Punkt ist schließlich der: Ich käme niemals auf die Idee, einen Tiger in einem Gehege zu halten. Mein Bruder hingegen hätte überhaupt kein Problem damit. Wenn der kleine Hulk nicht wäre und das Kätzchen im Einkaufskorb, das mittlerweile immer lauter und eindringlicher miaut, hätte es diese trügerische Verbundenheit zwischen Teo und mir nie gegeben. Eigentlich haben wir heute Abend schon mehr als lange genug aufeinandergehockt. Höchste Zeit, dass endlich mal wieder Normalität einkehrt.

»Sie braucht etwas zu essen«, murmele ich, während ich meinen Pulli zurückklappe und dem Kätzchen über den Kopf streichele. Sofort drückt es seine winzige Nase gegen meinen Daumenballen, krallt seine Vorderpfötchen in das Korbgeflecht und versucht mit aller Gewalt aus seinem Krankenbett herauszuklettern – was ich natürlich ebenso energisch verhindere. »Meinst du, sie verträgt Sojamilch?«

»Keine Ahnung«, erwidert Teo. Er steht ebenfalls auf, kommt zu mir rüber und beugt sich über meine Schulter. »Mann, der Verband sieht aber krass aus! Fast wie ’n Gipsbein. Damit kann die doch gar nicht laufen.«

»Das soll sie ja auch nicht«, sage ich. »Oder zumindest so wenig wie irgend möglich.«

»Das klappt nie«, meint Teo grinsend. Er streicht dem Kätzchen flüchtig über den Rücken und fasst dann ganz plötzlich nach dem verbundenen Bein.

»Finger weg!«, knurre ich und schlage nach seiner Hand. »Du lässt sie in Ruhe. Klar?«

»Mal sehen.« Unwillig zieht mein Bruder seinen Arm zurück und richtet sich auf. »Pops hat übrigens Futter, ein Katzenklo und Spezialmilch mitgeliefert«, setzt er hinzu. »Wenn du schön Bitte-Bitte machst, kriegst du vielleicht was ab.«

»Du bist so ein blöder Depp«, pflaume ich ihn an. »Der

Hulk ist für uns beide und alles andere logischerweise ja wohl auch.«

»Ja, ja.« Teo verdreht genervt die Augen. »Und was stellst du dir vor, wie wir es jetzt machen? Immer abwechselnd, einen Tag bei dir und einen bei mir?«

»Das hängt davon ab«, entgegne ich kühl.

»Wovon?«

»Ob du ihn gut behandelst.«

»Ts.« Mein Bruder zeigt mir einen Vogel. »Das wüsst ich aber!«

»Der Hulk wird jedenfalls nicht auf dem Plattenspieler Karussell fahren«, sage ich. »Und einen anderen Namen kriegt er auch.«

»Das bestimmst ja wohl nicht du«, gibt Teo harsch zurück. »Schließlich bist du vorhin gar nicht zu Hause gewesen. Ich habe ihn der Hulk genannt und basta.«

»Du hast wirklich geglaubt, dass du den Kater für dich alleine haben kannst, was?«, sage ich. Es ist eher eine Feststellung als eine Frage, die mein Bruder mit einem Achselzucken beantwortet. »Du hast gedacht, ich bin so blöd und check das nicht«, fahre ich halb fassungslos, halb zornig fort. »Oder dass es nicht rauskommt, weil Pops es mir nicht sagt, oder was?«

»Er ist ja sowieso nicht mehr da«, brummt Teo.

»Was redest du denn da?«, rege ich mich auf. »Pops ist doch nicht aus der Welt. Er wohnt bloß nicht mehr hier.«

Mein Bruder kneift die Augen zusammen.

»Er zieht an die Nordsee«, sagt er gepresst.

»Was?«, hauche ich. »Wann?«

Mir hat er heute Mittag im *Di Angelo* nämlich keinen Ton

davon gesagt. Ha, wahrscheinlich, weil er geahnt hat, dass ich ihm die Hölle heißmachen würde. Dieser Feigling!

»Wetten, Moms hat es längst gewusst?«, blafft Teo mich an.

Als ob ich an allem schuld wäre!

»Hol lieber mal das Katzenfutter«, sage ich, fasse das Kätzchen vorsichtig unter dem Bauch und hebe es auf meinen Arm. »Oder willst du, dass die Kleine verhungert?«

»Keine Angst, so schnell passiert das nicht«, entgegnet Teo und macht keinerlei Anstalten, sich in Bewegung zu setzen.

Aus der Diele tönt Moms' Stimme zu uns herüber und ich denke schon, dass sie mit uns spricht und jede Sekunde zur Küchentür hereinmarschiert kommt, aber dann wird mir klar, dass sie einfach nur lauter redet.

Sie klingt ziemlich wütend.

Teo sieht mich an. Ich weiß genau, was er denkt. Es ist hundertprozentig exakt dasselbe, was auch mir durch den Kopf geht.

Ich will es nicht hören!

»Ich auch nicht«, sagt er leise und drückt die Tür zu. »Pops ist übrigens nicht der Einzige, der wegfährt«, setzt er nach einem kurzen Zögern hinzu.

»Wie meinst du das?«, frage ich leicht hysterisch, denn ich befürchte bereits, quasi über Nacht als Vollwaise dazustehen. »Wer denn noch?«

In Teos Blick spiegelt sich eine Mischung aus Triumph und Verzweiflung wider.

»Oma Berlin«, stößt er hervor.

Dann reißt er die Küchentür auf und stürzt in die Diele hinaus.

Ferngespräche

Eine Stunde später sitze ich im Pyjama an meinem großen Arbeitstisch im Bastelzimmer: vor mir das ebenso frisch geerbte wie frisch zerrissene Teo-Shirt, Moms' iPad und die Box, in der ich meine Garne, Perlen und sonstigen Verzierungskram aufbewahre. In einem mit einem Handtuch ausgepolsterten Karton neben mir auf dem Boden schläft das schwarz-weiß-orangefarbene Kätzchen. Nachdem es eine Portion *Junior-Kizkaz* und eine kleine Schale Katzenmilch verdrückt und sich ein wenig in der Küche umgeschaut hat, sind ihm vor Erschöpfung die Augen zugefallen. Die Kleine hat es gerade noch geschafft, auf meinen Fuß zu krabbeln und sich dort zusammenzuringeln. Um den Verband hat es sich zum Glück überhaupt nicht geschert, ja nicht einmal versucht, ihn loszuwerden, sondern das verletzte Bein die ganze Zeit wie einen Fremdkörper hinter sich hergezogen.

»Und?«, erkundigt sich Anna. »Was hast du jetzt mit ihm vor?«

Als ich meine Klamotten ausgezogen habe, um mich bettfertig zu machen, habe ich ihre Nachricht auf meinem Smartphone entdeckt, in der sie mich fragte, ob wir später noch skypen sollen. Ich bin total happy darüber gewesen, dass sie sich gemeldet hat, und wie sich herausstellte, war sie zwar noch immer sauer, vor allem aber neugierig. Denn ihre Eltern hatten ihr natürlich von dem angefahrenen Kätzchen erzählt.

»Keine Ahnung«, sage ich seufzend. »Wahrscheinlich wird sie im Tierheim landen.«

Anna, von der ich immer nur einen Arm, den Bauch oder einen Teil ihres Gesichts auf dem Bildschirm zu sehen bekomme, weil sie nebenbei den Rucksack für die Schule packt und sich ihre Sachen für den morgigen Tag zurechtlegt, stöhnt übertrieben laut. »Och nö! Das wär aber blöd!«

»Immer noch besser, als von Frau Roemer ersäuft zu werden«, brumme ich und öffne das Nadelkästchen.

Inzwischen habe ich beschlossen, den Riss, den ich mir heute Morgen an der Weißdornhecke zugezogen habe, nicht zu nähen, sondern einfach mit ein paar Sicherheitsnadeln zu schließen.

»Vielleicht kannst du es ja auch einfach selbst behalten«, meint Anna.

»Vergiss es!« Ich schüttele energisch den Kopf, obwohl meine Freundin das gar nicht sehen kann, weil sie mir gerade ihren Hintern entgegenstreckt. »Meine Mutter erlaubt nie und nimmer, dass wir zwei Katzen halten.«

Mit einem Ruck verschwindet Annas Hintern vom Monitor und ihr komplettes Gesicht erscheint. Jetzt hängt sie so dicht vor der Kamera, dass ich ihre Sommersprossen zählen kann.

»Wieso zwei?«, fragt sie und durchbohrt mich geradezu mit ihrem Haselnussblick.

Hastig erzähle ich ihr die Story vom bengalischen Tiger, dem Komplott meiner Eltern und den Plänen meiner Großmutter.

»Is' nicht wahr!« Anna lässt sich auf ihren Schreibtischstuhl plumpsen und guckt mich fassungslos an.

»Ehrlich«, sagt sie dann. »Ich weiß gerade echt nicht, was ich schlimmer finde: Dass deine Eltern ernsthaft in Betracht gezogen haben, dass man einen Vater durch eine Katze ersetzen kann, oder dass deine Oma deinen Opa so mir nichts, dir nichts in seinem Schrebergarten zurücklässt.«

»Tut sie ja nicht«, entgegne ich und beginne damit, die Sicherheitsnadeln in Abständen von ungefähr fünf Millimetern waagerecht über den Riss in den Teo-Shirt-Ärmel zu stecken. »Opa Berlin hat keine Lust auf eine Weltreise. Er bleibt freiwillig daheim.«

»Das kommt doch aufs Selbe raus«, murrt Anna. »Und überhaupt: Es muss ja nicht gleich eine Weltreise sein!«, findet sie. »Wieso fliegt deine Großmutter nicht einfach für drei Wochen nach Malle, so wie andere Leute in ihrem Alter?«

»Frag sie halt«, sage ich, wohl wissend, dass das ohnehin völlig sinnlos wäre.

Wenn Oma Berlin sich etwas in den Kopf gesetzt hat, dann zieht sie es auch durch. Da müsste schon der Mond direkt vor ihre Haustür fallen, und selbst das würde sie wahrscheinlich nicht sonderlich beeindrucken. Vermutlich würde sie einfach einen Steinhändler beauftragen, während ihrer Abwesenheit alles schön wieder aufzuräumen.

»Sie könnte sich doch von einem Teil des Geldes eine Finca kaufen«, fährt Anna unterdessen fort. »Dann hätten deine

Großeltern eine schöne Winterresidenz und vor allem hätten sie beide etwas davon.«

»Ich glaube, meine Oma möchte keine Finca auf Mallorca«, erwidere ich. »Und mein Opa auch nicht. Er liebt seinen Schrebergarten über alles.«

Anna kneift ungläubig die Augen zusammen.

»Etwa mehr als deine Oma?«

»Würde er sonst zurückbleiben?«

»Mannomann, ich kapier echt nicht, dass dich das so kaltlässt«, erwidert meine Freundin aufgebracht. »Was machst du da eigentlich die ganze Zeit?«, fragt sie dann und tippt mit dem Finger auf den Monitor.

»Den Riss flicken«, antworte ich knapp. »Bin gleich fertig, dann zeig ich es dir.«

»Hmm. Beeil dich besser mal.« Anna zieht eine Schnute und blickt sich in ihrem Zimmer um. »Garantiert schneit meine Mutter jeden Moment rein und nimmt mir den Laptop weg.«

»Warum denn? Es ist doch Sarahs Teil, oder nicht?«

»Na und. Du kennst doch meine Mutter. Sie möchte nicht, dass ich um diese Zeit noch auf bin.«

»Dann schließ doch einfach die Tür ab«, schlage ich vor.

Anna tippt sich an die Stirn. »Bist du verrückt?«

»Natürlich.« Ich schenke ihr ein Grinsen. »Das weißt du doch. Aber jetzt mal im Ernst«, sage ich. »Sarah pennt doch bei ihrer Freundin. Du hast das Zimmer für dich allein. Da wird deine Mutter ja wohl ausnahmsweise ein Auge zudrücken.«

»Ich fürchte, das passt nicht in ihr Erziehungskonzept«,

erwidert meine Freundin seufzend. »Jede Regel, die sie einmal aufgestellt hat, gilt bis in alle Ewigkeit.«

»Trotzdem«, brumme ich. »Es ist ungerecht, dass du kein eigenes Zimmer hast und viermal im Jahr umziehen musst. Drei Monate bei Sarah, drei Monate bei Lea, drei Mo…«

»Ja, ja, ja«, fährt Anna ungeduldig dazwischen. »Meine Schwestern verstehen sich nun mal nicht. Es ist genauso wie bei dir und Teo. Sobald Sarah und Lea länger als fünf Minuten aufeinanderhocken, fliegen die Fetzen.«

»Da haben deine Eltern aber wirklich Glück, dass du so friedliebend bist«, spöttele ich. »Was würden sie bloß tun, wenn du dich auch ständig streiten würdest?«

»Tu ich ja nicht.«

»Leider«, murmele ich.

»Hä?« Annas rechtes Ohr erscheint auf dem Monitor. »Was hast du gesagt?«

»Vielleicht solltest du es mal ausprobieren«, formuliere ich neu.

»Was denn?«

»Na, streiten«, sage ich. »Mit mir kannst du es doch auch«, füge ich etwas leiser hinzu, während ich die letzte Sicherheitsnadel einfädele. »Fertig«, jubele ich und halte den Ärmel vor die Kamera. »Cool, oder?«

»Hmhm, ja.« Anna nickt. »Ich würd's nicht anziehen. Wär mir zu punkig. Aber zu dir passt es richtig super«, sagt sie ohne jede Begeisterung. »Streiten ist doch völlig sinnlos. Meine Eltern werden den Vermieter sowieso nicht fragen, ob sie eine zusätzliche Wand einziehen dürfen.«

»Und eine weitere Tür«, präzisiere ich.

»Eben. Das ist viel zu viel Aufwand. Möglicherweise müssen wir die Wohnung in ihren Ursprungszustand zurückversetzen, wenn wir ausziehen.«

»Ja, wenn«, sage ich, woraufhin meine Freundin wieder zu stöhnen anfängt, was sie immer tut, wenn sie sich in die Enge getrieben fühlt. Im Grunde ist sie nämlich nicht viel anders als ihre Mutter. Anna hängt ebenso sehr an Regeln und Gewohnheiten wie Frau Gerlach. Sie will auch nie etwas ändern. Und das ist das eigentliche Problem, finde ich.

»Es geht ja auch so«, meint Anna. »Sarah ist mittlerweile total oft unterwegs.«

»Pennt bei ihrer Freundin …«

»Mhmh.« Anna schüttelt kaum merklich den Kopf.

»Wie jetzt? Wo ist sie denn sonst?«

Abermals schaut Anna über ihre Schulter und vergewissert sich, dass ihre Mutter noch nicht auf der Matte steht. Dann nähert sie sich wieder dem Monitor und wispert: »Ich glaube, sie ist bei einem Jungen.«

»Quatsch«, entgegne ich lachend. »Woher willst du das denn wissen?«

»Es steht in ihrem Tagebuch«, erwidert Anna so leise, dass ich es kaum verstehe.

»Nee oder?«

Obwohl es gar nicht so gemeint war, muss etwas Vorwurfsvolles in meiner Stimme gelegen haben, denn Anna beginnt sofort sich zu rechtfertigen. »Wenn sie es einfach rumliegen lässt!«, blafft sie. »Ich wette, du hättest es auch getan.«

»Ja, hätte ich«, gebe ich auf der Stelle zu. »Du kannst dich also wieder abregen.«

Ich überlege kurz, ob ich es wirklich tun soll, aber dann verwerfe ich sämtliche Bedenken und erzähle ihr von Jonathan und dass ich heute auch ihm hinterherspioniert habe.

»Das ist ja wohl etwas vollkommen anderes«, sagt Anna.

Ich verstehe nicht ganz.

»Ähm … wieso?«

»Jonathan ist ein Junge … ein Fremdling.«

»Äh …?«

Sie spießt mich fast auf mit ihrem Blick. »Ein Alien!«

»Jetzt übertreibst du aber«, sage ich. »Bloß, weil Jungs manchmal ein bisschen anders ticken, heißt das doch noch la…«

»Ein bisschen?«, unterbricht Anna mich. »Jonathan hat dich aufs Übelste hintergangen. Das wirst du ihm doch wohl noch nicht verziehen haben.«

»Nein, aber …«, beginne ich ein wenig überrascht über ihren Ausbruch.

»Ich hoffe, du hast endlich kapiert, dass es überhaupt nichts bringt, ständig mit ihm abzuhängen«, fährt sie heftig fort. »Fast hätte er unsere Freundschaft zerstört.«

»Ich hänge doch überhaupt nicht ständig mit ihm ab«, verteidige ich mich – und Jonathan! »Und er hat auch nicht fast unsere Freundschaft zerstört, sondern mir lediglich verschwiegen, dass er einen BMX-Workshop macht.«

»Ja, ja!«, tönt Anna. »So wie du mir *lediglich verschwiegen* hast, dass du mit ihm die *ganzen* Herbstferien verbringen wolltest! Das hättest du doch niemals getan, wenn er dir das nicht eingeredet hätte.«

Im ersten Moment bin ich mir nicht sicher, ob meine Gehörknöchelchen plötzlich nicht mehr funktionieren oder ob meine Gehirnzellen Annas Worte einfach falsch verarbeitet haben. Doch dann wird mir allmählich klar, dass ich das Ganze sehr gut verstanden und auch richtig interpretiert habe.

Jetzt bloß nichts Falsches sagen, Emely, hämmere ich mir ein.

»Ich hätte es dir erzählt«, versichere ich der besten Freundin unter der Sonne. »Spätestens heute Nachmittag hätte ich es getan … Wenn nicht von Anfang an alles schiefgelaufen wäre.«

Anna wedelt beschwichtigend mit der Hand. »Ist ja jetzt auch egal«, brummt sie. »Fest steht: Jonathan hat dich hintergangen. Du hast es endlich begriffen und wir haben die ganzen Herbstferien für uns«, fasst sie mit einem zufriedenen Grunzen zusammen.

So ein Blödsinn, denke ich. Jona hat mich überhaupt nicht hintergangen. Er hatte lediglich Muffensausen, mir zu gestehen, dass seine Pläne sich geändert haben. Und genauso ist es mir mit Anna gegangen. Ich wollte *sie* nicht vor den Kopf stoßen – und Jonathan *mich* nicht.

Verdammte Pampe! Warum begreife ich das eigentlich erst jetzt?

Der arme Jona! Was mag er bloß von mir denken? Dass ich ihm diesen Wettbewerb samt Workshop nicht gönne, obwohl ich sehr genau weiß, dass BMX-Biken sein Leben ist? Hallo! Ich bin sein bester Kumpel, ich werde mich doch jetzt nicht wie ein blödes Loch im eigenen Hintern benehmen. Im Gegenteil, ich muss mich sofort bei ihm entschuldigen.

Plötzlich bin ich total zappelig.

»Hör mal, Anna«, beginne ich, »ich muss mal ganz dringend …«

Was ja nicht einmal gelogen ist. Jedenfalls nicht, solange ich den Satz nicht zu Ende führe.

»Na gut, dann beeil dich«, gibt sie ein wenig genervt zurück. »Ich warte.«

Ach, du lieber Himmel!

»Aber es ist schon spät.«

»Das sagst ausgerechnet du!«

»Ich muss noch den Geschichtstext lesen. Außerdem hab ich Deutsch noch nicht gemacht«, sage ich. »Du weißt schon, die Bildbeschreibung.«

Auch das ist keine Lüge. Allerdings habe ich nicht vor, mich heute noch damit zu beschäftigen. Ein einziges Mal in meinem Leben werde ich ohne Hausaufgaben sein. Wenn meine Pechsträhne morgen noch immer nicht zu Ende ist und Frau Schnacke mich trotzdem drannimmt, werde ich mir eben was aus den Fingern saugen müssen.

Leider scheint Anna etwas ganz Ähnliches durch den Kopf zu gehen.

»Ist nicht dein Ernst!«, stößt sie hervor. »Das schaffst du jetzt sowieso nicht mehr. Also, Emely-fast-immer-korrekt-Berlin, gib dir einen Ruck und beschummle die böse Welt da draußen wenigstens dieses eine Mal und schreib von mir ab. Du wirst es nicht bereuen. Ich habe mir nämlich große Mühe gegeben.«

»Tust du doch immer, Anna-mindestens-genauso-korrekt-Gerlach«, antworte ich lächelnd.

Meine Freundin lächelt ebenfalls und beginnt dann, unruhig auf ihrem Stuhl herumzurutschen.

»Die Sache ist die«, druckst sie. »Ich möchte dir doch unbedingt noch erzählen, wo ich vorhin gewesen bin.«

Ach, du liebe Güte! Das habe ich vor lauter Glückseligkeit darüber, dass Anna nicht mehr sauer auf mich ist, ja völlig vergessen!

»Und ich dachte, du hättest das nur gesagt, um mir eins auszuwischen.«

Anna schüttelt entrüstet den Kopf.

»Blödsinn! Na ja, ein bisschen vielleicht schon«, lenkt sie dann doch ein. »Ich hab mich nämlich mit einem Mädchen getroffen. Laura ist gerade erst hergezogen und was das Tollste ist: Sie hat ein Pferd.«

»Wow«, sage ich wenig begeistert.

Pferde in engen Boxen oder an der Longe sind nämlich ebenso wenig mein Ding wie Löwen, die durch brennende Feuerreifen springen müssen, oder apathisch auf- und ablaufende Elefanten im Zoo.

»Wo hast du sie denn kennengelernt?«, frage ich.

»In einem Internet-Chat.« Anna macht eine vielbedeutende Geste. »Du weißt schon, so einer, bei dem es vor allem um Haflinger und Berber geht.«

Klar, die beiden Lieblingspferderassen meiner Freundin!

Was ich bisher allerdings nicht wusste, ist, dass sie sich deswegen in einem speziellen Chat angemeldet hat. Die Praxis der Gerlachs läuft zwar ganz gut, ein eigenes Pferd werden sie sich aber wohl kaum leisten können.

Na ja, offenbar hütet hier eben jeder so seine kleinen Geheimnisse. Mein schlechtes Gewissen, das ich hatte, weil ich Anna nichts von meinen Abenteuercamp-Plänen mit Jonathan erzählt habe, ist mittlerweile jedenfalls vollends verstummt.

»Okay«, sage ich. »Dann hattet ihr bestimmt ein interessantes Gespräch.«

»Total! Laura hat unheimlich viel Ahnung.« Anna gerät ins Schwärmen. »Und sie ist echt super, super, super nett.«

»Wow«, sage ich noch einmal, während meine Laune allmählich den Kellerboden durchbricht.

Keine Ahnung, wieso, aber ich kann mich überhaupt nicht mit Anna freuen. Irgendwie ist mir diese Laura jetzt schon unsympathisch. Dabei gibt es nicht den geringsten Grund dafür.

»Ich pinkel mir gleich in die Hose«, brumme ich.

»Na ja, gut, okay, dann geh jetzt lieber mal aufs Klo«, meint Anna fröhlich. »Darüber, was wir mit dem Kätzchen machen, und welches Thema wir für dieses bescheuerte Website-Projekt nehmen, können wir ja wirklich morgen noch reden.«

»Alles klar.« Ich mache Winke-Winke und diesmal muss ich mir ein Lächeln regelrecht abringen. Hoffentlich fällt es Anna nicht auf. »Tschüssi! Wir sehen uns dann in der U-Bahn!«

»Tschau, Em! Bis morgen!«, höre ich sie noch sagen und mit dem nächsten Klick verschwindet sie vom Bildschirm.

Ich schalte das iPad aus, packe mein Nähzeug weg und schnappe mir den Karton mit dem Kätzchen. Es öffnet ein Auge, gähnt und reckt die Vorderpfoten.

Kaum bin ich in meinem Zimmer angekommen, ist es auch schon wieder putzmunter. Es klettert aus dem Karton, den ich neben meinem Bett auf dem Boden platziere, und maunzt. Da es nicht den Anschein hat, als ob die Kleine Schmerzen hätte, tippe ich auf Hunger, und flitze in die Küche, wo wir das Futter und die Milch für den Hulk deponiert haben.

Ich rufe ein »Gute Nacht, Moms!«, durchs Haus und husche dann hastig und ohne auf eine Antwort zu warten, in mein Zimmer zurück.

Das Kätzchen stürzt sich zuerst auf die Milch. Mit seiner winzigen rosa Zunge schlabbert es drauflos, dass ihm die Tropfen nur so ums Mäulchen fliegen, und dabei schnurrt es wie verrückt. Es ist ein putziger Anblick, von dem ich mich allerdings ganz schnell losreiße.

»Du kannst hier nicht bleiben, meine Süße«, murmele ich, lösche das Deckenlicht und schlüpfe unter die Bettdecke. »Und deshalb werde ich gar nicht erst anfangen, dich gernzuhaben.«

Basta!

Noch mehr Herzeleid, als ich heute bereits aushalten musste, kann ich nun wirklich nicht ertragen.

»So, und nun zu Jona«, brabbele ich weiter, nehme mein Smartphone vom Nachtschränkchen und lese nun endlich die Nachrichten, die er mir seit meinem fluchtartigen Abgang heute Nachmittag geschickt hat.

Es tut mir leid, Em!

»Ja, mir auch.«

Bitte, bitte, sei nicht böse. Das halte ich nämlich nicht aus.

»Oh Mann!«

Glaub mir doch: Es ist mir total schwergefallen, mich gegen das Abenteuercamp und für den Wettbewerb zu entscheiden, aber ich hätte es mir bestimmt ewig vorgeworfen. Und am Ende hätte ich womöglich dich dafür verantwortlich gemacht.

»Ich weiß, ich weiß, ich weiß … ich habe mich wie eine hirnamputierte Amöbe benommen.«

Ich wollte es dir sagen. Heute!

»Genau so ging es mir mit Anna, aber das habe ich leider eben erst kapiert.«

Jetzt melde dich doch mal!

»Genau das habe ich vor.«

Bitte, Emely! Du bist die beste Freundin, die ich je hatte!

»Du auch, Jona … Verdammt, wie konnte ich nur so gemein zu dir sein.«

Mistepiste, jetzt fange ich auch noch an zu flennen. Wie soll ich denn da telefonieren!

Mir ist übrigens wieder eingefallen, woher ich diesen Typen kenne, der dein Skateboard geklaut hat.

»Wenn du wüsstest, wie egal mir das gerade ist!«

Na ja, egal vielleicht nicht. Aber so was von zweitrangig!

Die restlichen ungefähr zehn Nachrichten spare ich mir. Inzwischen ist es fast zehn und ich kann nur hoffen, dass Jonathan sein Handy noch nicht ausgeschaltet hat.

Mit zittrigen Fingern hole ich seine Nummer aus dem Speicher und drücke auf das Telefonhörer-Icon.

Die wenigen Sekunden, in denen die Verbindung hergestellt wird, nutze ich, um die Augen zu schließen und mich zu sammeln. Mein Herz pocht und pocht und pocht.

Herrgott noch mal, Em, jetzt mach dich doch nicht verrückt, rede ich mir zu. Du entschuldigst dich und …

»Jaaa?«, meldet sich eine verschlafene Stimme.

»Jonathan?«

»Hmmm, glaub schon«, erwidert er träge. »Bei Defekt oder Nichtgefallen ist ein Umtausch innerhalb der nächsten vier Wochen allerdings möglich. Deutsches Verbraucherschutzgesetz. Das Risiko hält sich also in Grenzen.«

»Blödmann«, sage ich und wische mir verstohlen eine Träne von der Wange. »Ich werde dich ganz sicher nicht umtauschen.«

»Okay … aber das wirst du wohl müssen. Zumindest, was die Herbstferien betrifft.«

Er unterdrückt ein Gähnen.

»Hab ich dich etwa geweckt?«, frage ich bestürzt.

»Jep.«

»Weshalb schaltest du auch dein Handy nicht aus!«

»Deshalb«, erwidert er leise. »Weil ich die ganze Zeit gehofft habe, dass du dich noch meldest.«

»Oh Mann!«

Ich könnte mir echt in den Hintern beißen.

»Hätte dir ruhig früher einfallen können«, brummt Jona und diesmal unterdrückt er sein Gähnen nicht.

»Tut mir leid«, sage ich zerknirscht. »Aber du hast ja keine Ahnung, was hier los war. Ich weiß, es klingt blöd, aber in meinem Gehirn waren einfach keine Zellen frei, um darüber nachzudenken, wie bescheuert ich mich vorhin aufgeführt habe.«

»Logisch, dein Gehirn ist ja eh nicht besonders groß.«

»Jona!«, knurre ich.

Zu solcher Art Scherzen bin ich im Augenblick nun wahrlich nicht aufgelegt.

»'tschuldigung«, murmelt er. »Na, dann leg mal los …«

Was ich mir natürlich nicht zweimal sagen lasse!

In aller Ausführlichkeit schildere ich ihm die besonderen Ereignisse dieses in jeder Hinsicht außergewöhnlichen Tages.

Ich beginne noch einmal mit dem, was er bereits weiß, und erzähle anschließend von Frau Roemer und ihrem angefahrenen Kätzchen, dem zertrümmerten Garderobenspiegel, meinem Streit mit Anna, von Teo, meiner Mutter, dem kleinen Hulk und den Plänen von Oma Berlin. Ich vergesse kein Detail und schmücke auch nichts aus, und mit jedem einzelnen Wort, das über meine Lippen kommt, wird mir mindestens hundert Gramm leichter ums Herz. Es tut so gut, endlich mit jemandem frei von der Leber weg reden zu können. Bei Jona brauche ich keinen Filter, ihm kann ich ohne Bedenken wirklich jedes Detail anvertrauen. Er unterbricht mich kein einziges Mal, an seinen unregelmäßigen Atemstößen merke ich aber, dass er mir angespannt lauscht, und als ich mit meinem Bericht fertig bin, ist er endgültig putzmunter.

»Mannomann!«, platzt es aus ihm heraus. »Das reicht ja für ein halbes Leben.«

»Sag ich doch.«

»Also, die Sache mit dem Garderobenspiegel kannst du, glaube ich, abhaken«, meint Jona. »Deine Mutter scheint ja nicht besonders böse deswegen gewesen zu sein.«

»Stimmt. Sie hat ihn nicht einmal mehr erwähnt«, bestätige ich. »Als sie nach Hause kam, ging es nur noch um die Trennung. Und die beiden Katzen.«

»Die Geschichte ist echt genial«, erwidert Jona lachend. »Manchmal lösen sich Probleme auch von selbst. «

»Wie meinst du das?«, frage ich irritiert.

Mag ja sein, dass ich auf beiden Augen blind bin, aber für mich ist hier weit und breit keine Lösung in Sicht. Und zwar weder für das Moms-und-Pops- noch für das Katzenproblem. Wie sich jedoch zeigt, regelt Jonathan gleich beides ganz mühelos auf einen Streich.

»Deine Eltern wissen doch, dass Teo und du euch nicht besonders gut versteht«, erklärt er mir. »Und das wird bestimmt nicht besser dadurch, dass sie euch *eine* Katze schenken, die ihr euch teilen sollt. Im Gegenteil, da ist der Zoff ja sozusagen vorprogrammiert.«

»Du hast recht!« Ich spüre geradezu, wie sich ein Grinsen auf meinem Gesicht ausbreitet. »Bei genauerer Betrachtung ist das Kätzchen von Frau Roemer so etwas wie ein Geschenk des Himmels.«

»Genau«, freut Jona sich mit mir. »Das musst du jetzt nur noch deiner Mutter verklickern, aber das machst du mit links«, ermutigt er mich.

»Mit Anna habe ich mich inzwischen auch schon wieder vertragen«, sage ich beinahe selig.

»Sehr gut«, meint Jonathan übermütig. »Und mit mir ebenfalls.«

»Hatten wir denn überhaupt Streit?«, foppe ich ihn.

»Hm, kam mir zumindest so vor … aber vielleicht habe ich mich auch geirrt oder alles bloß geträumt.«

»Bestimmt«, sage ich. »Immerhin habe ich dich gerade geweckt.«

»Ja, so wird es wohl gewesen sein«, entgegnet Jona leichthin. »Und was dein Skateboard angeht: Ich weiß, wer es hat. Und ich weiß auch, wo ich ihn finde.«

Traum oder Wirklichkeit?

»Emely, warte!«, brüllt Oma Berlin, die wie eine Rakete in ihrem knallpinken Spider-Cabrio heranbraust. Ihre grauen Locken und der sonnengelbe Seidenschal, den sie um den Hals trägt, flattern im Fahrtwind. »Das ist der falsche Flieger!«

Ich stelle die beiden Katzenkörbe ab und fuchtle hilflos mal in diese und mal in jene Richtung.

»Wohin soll ich denn? Wohin muss ich denn?«

»Überall, nur nicht dorthin!«, schreit Oma Berlin.

Der Flughafen kommt mir winzig vor, und ich weiß genau, welches Flugzeug auf mich wartet, nämlich der kleine Doppeldecker, vor dem Pops mit seiner Kamera steht und wie ein Verrückter fotografiert.

Doch mit jedem Klick taucht ein weiteres Flugzeug am Himmel auf. Sie landen, wo sie wollen, und der Flughafen fängt an, sich auszudehnen. Plötzlich erschallen Durchsagen in allen möglichen Sprachen über den Platz, und ich registriere verschiedene Ländernamen auf den zigarrenförmigen Leibern der Flieger.

Argentinien, China, Neuseeland, Bolivien, Kenia …

Lauter Jungen mit Baseballkappen steigen aus und rennen in alle Richtungen davon. Sie haben Skateboards unter dem

Arm, die sich in Spiegel verwandeln, zu Boden fallen und in tausend Scherben zersplittern, und plötzlich steht das kleine verwahrloste Mädchen mitten darin. Sie weint und ihre nackten Füße bluten.

»Oma Berlin!«, rufe ich verzweifelt. »Ich brauche ein Land, in dem meine Katzen leben können. Wo es keine Busse gibt und wo ich den richtigen Jungen mit dem Skateboard finde.«

»Unsinn, meine Kleine!«, erwidert meine Großmutter lachend. Sie lenkt ihr Cabrio mitten in das Flughafengebäude hinein, bleibt eine Weile verschwunden und taucht dann plötzlich hinter einem afrikanischen Flieger wieder auf. »Wir treffen uns morgen Mittag in New York auf dem Empire State Building. Dort können wir die Katzen verschenken.«

»Und was ist mit Opa Berlin?«, schreie ich.

»Der bleibt unter dem Pfefferbaum hocken und heult, bis wir zurück sind.«

»Aber ich will meine Katzen behalten. Und ich will auch nicht nach New York«, wimmere ich. »Nicht ohne Anna und auch nicht ohne Jonathan.«

»Glaub mir, Mädchen, du wirst in allen Ländern dieser Erde wunderbare neue Freunde finden«, ruft Oma Berlin mir zu. »Die alten brauchst du dann nicht mehr.«

»Aber ich will nicht!«, brülle ich. »Können wir nicht einfach hierbleiben?«

Pops nimmt seine Kamera herunter und schüttelt den Kopf. »Hör nicht auf sie. Du, deine Katzen und deine Freunde können bei mir mitfliegen. Wir beginnen an der Nordsee ein neues Leben.«

»Und was ist mit Moms?«, brülle ich.

»Sie bleibt im *Dress 'n Veggies*. Da ist sie glücklich.«

»Das glaube ich nicht, Pops!«

»Richtig so!«, spornt Oma Berlin mich an. »Dieser dumme Junge hat nichts als Flausen im Kopf.«

Sie kurvt im Affenzahn zwischen den startenden und landenden Flugzeugen hindurch, steuert direkt auf Pops' Flieger zu und schleudert zermatschte Tomaten nach ihm.

»Hör sofort auf damit!«, schimpfe ich. »Er ist doch dein Sohn!«

»Papperlapapp!«, gibt meine Großmutter zurück. »Entscheide dich, mein Kind! Ich jedenfalls lasse jetzt alles hinter mir!«

Sie zieht am Lenkrad, der Alfa Spider reckt seine Kühler-Nase in die Höhe und dann hebt Oma Berlin mit ihrem Cabrio ab. Brummend zieht sie ihre Kreise über dem Flughafen und winkt mir fröhlich lachend zu.

»Wir sehen uns, wo es mir gefällt!«, jubelt sie. »Und das kann überall auf der Welt sein!«

Na toll, denke ich und senke traurig den Kopf.

»Jetzt mach schon, Prinzessin!«, höre ich Pops rufen. »Die Tomaten zerfressen das Flugzeug. Wenn wir nicht sofort starten, werden wir die Nordsee niemals erreichen. Schließlich müssen wir noch bei Anna und Jonathan vorbei.«

»Lass sie doch«, johlt da Teo zur Tür des Fliegers heraus. »Emely soll bei Moms bleiben. Dann sind wir Männer unter uns.«

»Nein!«, jaule ich. »Bitte, bitte nehmt mich mit!«

Ich ergreife die Katzenkörbe, doch im selben Moment klappen die Türgitter auf und unzählige graue und schwarz-weiß-orangefarbene Kätzchen krabbeln auf dem Asphalt herum. Ihre Beinchen stecken in steifen blauen Verbänden und ohne jede Angst laufen sie auf die startenden Flugzeuge zu.

»Nein!«, kreische ich. »Neiiin! Neiiin! Neeeiiin!«

Panisch renne ich mal hierhin und mal dorthin und versuche, die Kätzchen einzusammeln. Aber ich schaffe es nicht. Es sind einfach zu viele. Und dann dringt mit einem Mal ein klägliches Maunzen in mein Ohr und die Krallen einer riesigen Tigerpranke bohren sich in meine Wange.

»Aaaah!«

»Um Gottes willen, Emely!« Zwei warme Arme umfangen mich und ich versinke in dem vertrauten Duft nach weicher Moms-Haut und der fruchtigen Creme, die sie sich vor dem Schlafengehen in Gesicht, Hals und Dekolleté einmassiert. »Das muss ja ein schrecklicher Alptraum gewesen sein.«

»Miauuu!«, macht es kläglich unter mir und Moms und ich fahren erschrocken auseinander.

Ich greife neben mich und spüre weiches Fell. Einen Atemzug später hat meine Mutter bereits die Klemmlampe an meinem Nachtschränkchen eingeschaltet.

»Also wirklich, Emely«, sagt sie vorwurfsvoll, als sie das winzige schwarz-weiß-orange-gefleckte Fellbündel auf meiner Bettdecke bemerkt. »Eine Katze gehört doch nicht ins Bett. Noch dazu, wo sie so schwer verletzt ist.«

»Aber sie war doch da unten im Karton«, entgegne ich, während ich sie vorsichtig auf meinen Arm hebe, den Verband überprüfe und nachschaue, ob die Kleine auch sonst okay ist. »Sie muss von alleine zu mir ins Bett gekrochen sein.«

Moms schüttelt den Kopf.

»Erzähl mir nichts. Wie soll dieses kleine Kerlchen denn das angestellt haben?«, erwidert sie und deutet zum Fußboden. »Von dort bis zur Matratze hinauf sind es mindestens vierzig Zentimeter.«

»Vielleicht ist meine Decke über die Kante gerutscht und das Kätzchen hat sich daran hochgehangelt.«

Das zumindest scheint mir eine durchaus einleuchtende Erklärung zu sein, und wie zur Bestätigung fängt die kleine Mieze auch prompt an zu schnurren. Zärtlich fahre ich ihr mit dem Zeigefinger über das Köpfchen. Sofort legt sie ihre kleinen Vorderpfoten um den Finger, zieht ihn mit sanfter Kraft zu sich heran und leckt mit ihrer winzigen rauen Zunge darüber. Dass sie fast von mir erdrückt worden wäre, scheint sie mir zum Glück nicht weiter übel zu nehmen.

»Sie ist aber auch niedlich«, sagt Moms leise und plötzlich ist ihr Blick ganz weich. »Ich könnte mir vorstellen, dass du sie gerne behalten möchtest.«

Mein Herz macht einen Satz.

»Das würdest du wirklich erlauben?«, rufe ich fassungslos.

Meine Mutter streicht mir lächelnd übers Haar.

»Ja, warum denn nicht?«

»Weil … weil …« Es fallen mir so viele Moms-Gründe ein, dass ich gar nicht weiß, welchen ich zuerst nennen soll. Schließlich sage ich: »Na, weil ich den Garderobenspiegel zertrümm…«

Erschrocken beiße ich mir auf die Zunge. Jetzt bloß nicht weiterreden. Doch entgegen meiner Befürchtung guckt meine Mutter nicht streng, sondern alarmiert.

»Du hast ihn *absichtlich* kaputt gemacht?«, vergewissert sie sich.

»Natürlich nicht«, weise ich diese Annahme sofort von mir. »Es war ein Versehen … ein Unfall … absolute Blödheit.«

Letzteres trifft es wohl am ehesten.

»Aha …?«

Auf Moms' Stirn kräuseln sich drei Fragezeichen und ich beschließe, ihr die Wahrheit zu erzählen.

Dass ich ziemlich wütend war. Wegen meines Skateboards. Wegen Pops. Und weil Teo sich einfach aus dem Staub gemacht und mich mit meinem Vater und dem ganzen Trennungs-Mist allein zurückgelassen hat.

»Und dann war seine Zimmertür auch noch abgeschlossen«, rege ich mich auf.

»Hm, verstehe, dabei wolltest du eigentlich mit ihm über alles reden.«

»Quatsch«, echauffiere ich mich weiter. »Ich dachte, er hätte diese dummen Tussen abgeschleppt, die ihn vor der Pizzeria angeschmachtet haben …«

Moms lacht auf. »Und sich mit ihnen in seinem Zimmer eingeschlossen?« Sie fasst mich unters Kinn. »Emely, Teo ist dreizehn«, erinnert sie mich. »Meinetwegen kann er sich gerne mit zehn jungen Damen gleichzeitig einschließen. Ich glaube nämlich nicht, dass da groß was passieren würde. Jedenfalls nichts, worüber man sich Sorgen machen müsste.« Der belustigte Ausdruck in ihrem Gesicht ist inzwischen einer ernsten Miene gewichen. »Den Begriff Tussen finde ich übrigens nicht besonders nett.«

»Aber es waren T…«

»Emelyyy.«

Oje, wenn meine Mutter meinen Namen mit drei Ypsilon am Ende ausspricht, ist Vorsicht angesagt. Trotzdem kann ich mir ein »Du hättest sie mal sehen sollen!« nicht verkneifen.

Moms nickt.

»Ich weiß, dass das alles nicht leicht für euch ist«, sagt sie, nachdem sie mich ein paar unangenehm lange Sekunden aufmerksam betrachtet hat. »Und es war dumm von mir, zu behaupten, dass sich nichts ändern würde. Für mich ist das … vielleicht so.« Sie tut einen tiefen Atemzug. »Aber für dich und Teo natürlich nicht.«

»Dann hast du Pops also gar nicht mehr lieb?«, krächze ich.

Meine Augen fangen an zu brennen und ich spüre, wie mein Hals immer enger wird. Welch ein Segen, dass das Kätzchen so still und warm und tröstend in meinem Arm liegt, sonst würde ich jetzt womöglich losheulen.

»Doch, hab ich«, gibt Moms zurück. Ihre Stimme klingt ein wenig kratzig und sie muss sich räuspern, bevor sie weitersprechen kann. »Und ich glaube, deinem Vater geht es diesbezüglich gar nicht so sehr viel anders.«

»Und warum …?«

Sie lässt mich nicht ausreden.

»Weil es nicht reicht, um weiter zusammenzuleben. Ohne Streiterei und ohne diese ständigen Meinungsverschiedenheiten«, sagt Moms. »Wir sind wohl einfach zu verschieden.«

»Aber das wart ihr doch von Anfang an«, wende ich ein. »Ich kapier einfach nicht, wieso es jetzt auf einmal nicht mehr geht.«

Meine Mutter lässt die Schultern sinken und sieht mich mit einer Mischung aus Mitgefühl und Ratlosigkeit an.

»Das kann ich dir nicht erklären, Emely. Es ist einfach so«, erwidert sie sanft. »Süße …« Sie streicht mir über die Wange und lässt ihre Hand dann auf meine Schulter sinken. »Es tut mir sehr, sehr leid.«

Ich senke den Blick und vergrabe meine Finger im Fell des noch immer leise schnurrenden Kätzchens. Einerseits finde ich es gut, dass Moms mir jetzt – mitten in der Nacht – so ehrlich Rede und Antwort steht, andererseits wühlt es mich nur umso mehr auf und ich merke, wie ich tief in mir drin immer zorniger werde.

»Aber wieso bleibt er nicht wenigstens in der Nähe?«, stoße ich hervor. »Warum muss er ausgerechnet an die Nordsee ziehen? Was will er überhaupt da?«

Meine Mutter zögert.

»Hat er euch das nicht gesagt?«, fragt sie vorsichtig.

»Nein! Mir jedenfalls nicht!«

Und wenn Teo mehr wüsste, hätte er gestern Nachmittag ja wohl davon angefangen und nicht so getan, als ob er völlig ahnungslos wäre. – Oder etwa doch?

Was, wenn Pops ihn längst auf seine Seite gezogen hat? Wenn er ihm den wahren Grund für die Trennung verraten hat? Meinem Bruder, aber mir nicht! Oh Mann, eigentlich kann und will ich mir das nicht vorstellen. Trotzdem nistet sich dieser Gedanke wie ein dusseliger Kuckuck in meinem Kopf ein.

»Na ja … dann …«, höre ich Moms sagen.

Mein Blick fliegt zu ihr. »Was?«

»… solltet ihr ihn vielleicht einfach danach fragen.«

Ich mustere sie mit zusammengekniffenen Augen.

»Du weißt es doch, oder?«

Meine Mutter schüttelt den Kopf. »Nein.«

Es kommt einen Tick zu schnell und es klingt auch nicht ganz ehrlich.

»Aber du kannst es dir denken?«, taste ich mich vor, dabei bin ich nicht einmal sicher, ob ich es überhaupt so genau wissen will.

»Du solltest jetzt lieber weiterschlafen«, meint Moms, als hätte sie meine Gedanken erraten. Sie nimmt mir das Kätzchen aus dem Arm und legt es vorsichtig in den Karton zurück. »Und du wirst sehen, am Ende …«

»Behaupte bloß nicht, dass dann alles halb so schlimm sein wird«, fahre ich dazwischen. »Das ist es nämlich doch!«

»Ich weiß, Emely … ich weiß«, sagt sie leise.

»Ich habe von Pops geträumt«, erzähle ich stockend, »und von Oma Berlin. Sie haben sich gestritten und Oma Berlin hat Pops' Flugzeug mit Tomaten beworfen.«

»Was hat sie?« Moms unterdrückt ein Grinsen. »Aber dein Vater hat doch überhaupt kein Flugzeug«, sagt sie dann. »Und er fliegt auch nicht weg.«

»Aber Oma Berlin«, jaule ich. »Sie will sogar um die ganze Welt fliegen.«

Meine Mutter greift nach meiner Hand und drückt sie sanft. »Erstens, Emely, bin ich im Moment noch alles andere als davon überzeugt, dass sie ihre Pläne wirklich in die Tat umsetzt.«

»Und wenn doch?«, frage ich. »Was wird dann aus Opa Berlin?«

»Dann, meine Süße, tritt zweitens in Kraft«, meint Moms lächelnd. »Du wirst es vielleicht nicht glauben, aber dein Großvater kommt sehr gut allein zurecht. Außerdem wird Oma Berlin irgendwann wiederkommen. Sie hat fast dreißig Jahre hier gelebt. Ich wette, so wahnsinnig lang hält sie es in der großen weiten Welt gar nicht aus.«

»Hoffentlich hast du recht«, seufze ich.

»Ganz bestimmt habe ich das«, erwidert meine Mutter und knipst das Licht meiner Klemmlampe aus. »Und jetzt schlaf weiter und träum was Schönes. Zum Beispiel von deinem Kätzchen.«

Eine aufregende U-Bahn-Fahrt

»Du solltest es vielleicht ein bisschen umformulieren«, empfiehlt Anna, nachdem sie eine Weile schweigend neben mir gesessen und durch das Fenster in die Dunkelheit des U-Bahntunnels hinausgestarrt hat. »Damit es nicht so auffällt, dass du abgeschrieben hast.«

Ich blicke auf und verdrehe die Augen.

»Mann, es ist das erste Mal, dass ich das mache«, knurre ich. »Ich bin ja nun echt kein Profi im Abschreiben.«

Anna schiebt schmollend die Unterlippe vor. »Ich mein ja nur … Falls die Schnacke die Hausaufgaben einsammelt.«

»Das hat sie schon ewig nicht mehr gemacht.«

»Eben.« Anna linst in mein Heft. »Na ja, mir ist es sowieso egal«, sagt sie und streicht mit den Fingerspitzen über die Sicherheitsnadeln an meinem Teo-Shirt. »Das sieht echt voll cool aus.«

»Mhm, finde ich auch.«

Hastig notiere ich die letzten beiden Sätze, klappe das Heft zu und verstaue es in meinem Rucksack, der zwischen meinen Füßen auf dem Boden steht. Den Kuli schiebe ich in die Brusttasche meiner Jeansweste.

Anna packt ihre Kladde ebenfalls weg.

Sie trägt heute ihre geliebte türkisfarbene Häkelmütze, die sie mit einer Spitzenkante verziert hat und die einfach toll zu ihren roten Locken passt, und dazu das neue mangoeisgelborange Minikleid, das sie vor Kurzem im *Dress 'n Veggies* ergattert hat. Ich finde ja, dass es eigentlich pfirsichfarben ist, aber seit einiger Zeit erfindet Anna eigene Bezeichnungen für Farbnuancen. Als sie dieses Minikleid auf der Sonderangebotsstange entdeckte, kreischte sie sofort los, dass Mangoeisgelborange ihr neuer Lieblingston sei und sie wahrscheinlich ziemlich bald sterben würde, wenn sie dieses Kleid nicht wenigstens mal anprobieren dürfte.

Moms meinte, dass eine Leiche im Verkaufsraum äußerst schlecht fürs Geschäft sei und sie auf keinen Fall riskieren wolle, dass sich das wie ein Lauffeuer in der ganzen Stadt verbreite, woraufhin Anna freudequietschend in der Umkleidekabine verschwand.

Das Kleid war ein Frauenkleid und passte logischerweise hinten und vorne nicht. Es war sozusagen in jede Richtung zu groß. Aber Moms bot sofort an, es ändern zu lassen. Bloß die Seitennähte, die Abnäher, die Ärmel und der Saum – alles überhaupt kein Problem. Tatsächlich wurde eine Riesenaktion daraus. Drei Wochen, fünf Anproben, vier Nervenzusammenbrüche, doch am Ende dann die reine Glückseligkeit.

Meine Mutter bezahlte die Änderungen. Kostenpunkt: 25 Euro. Anna bekam das Kleid für 5 Euro, weil es schließlich hinten und vorne nicht gepasst hatte. Ja, bei aller Schnörkellosigkeit, aber so kann Moms manchmal auch sein.

Später ersetzte Anna die langweiligen, identisch geformten,

pfirsichfarbenen Knöpfe durch verschiedene türkise. Außerdem steppte sie an meiner Nähmaschine sämtliche mangoeisgelborangenen Nähte fein säuberlich mit türkisfarbenem Garn nach. Absolut nicht mein Geschmack, aber zugegebenermaßen total stylisch.

Apropos Mangoeisgelborange: Natürlich sagt Anna zu Türkis nicht einfach Türkis, sondern Meerwasserblautürkis oder Seewassergrüntürkis, je nachdem ob die blaue oder die grüne Nuance überwiegt.

»Eigentlich schade, dass wir erst elf sind«, meint sie jetzt.

»Och«, sage ich. »Sooo schlecht finde ich das auch wieder nicht.«

Älter wird man schließlich von ganz allein, und wohin das führen kann, lässt sich schließlich wunderbar an Annas Schwester Sarah beobachten, die kaum noch über etwas anderes nachdenkt als über Klamotten, Make-up, ihre zukünftige Karriere als Fotomodell und Jungs. Sollte ich jemals so werden wie sie, würde ich mir die Kugel geben, und dann hätte Moms wirklich ein Problem mit einer Leiche, nämlich in ihrer Wohnung.

»Wenn wir vierzehn wären, dürften wir die Mützen verkaufen«, fährt Anna derweil ungerührt fort.

»Das habe ich gar nicht vor!«, protestiere ich. »Ich mache sie für mich.«

»Aber du trägst sie doch gar nicht alle.«

»Na und. Ich liebe sie trotzdem. Davon abgesehen könnten wir sie bestimmt auch jetzt schon jederzeit im *Dress 'n Veggies* verkaufen«, stelle ich in Aussicht.

»Hat deine Mutter dir das angeboten?«

»Nicht direkt. Sie hat es sozusagen als Möglichkeit in den Raum gestellt«, antworte ich vage.

»Und das sagst du mir erst jetzt?«

»Ja, weil es bisher überhaupt nicht in Betracht kam.«

»Für dich vielleicht nicht«, schnappt Anna.

Sie kreuzt die Arme vor der Brust und guckt mich an, als wollte sie mich zum Frühstück verspeisen. Ich stelle mich jedenfalls schon mal auf den nächsten handfesten Streit mit ihr ein. Doch plötzlich entspannt sie sich wieder und ihre Augen bekommen einen schwärmerischen Ausdruck. »Stell dir doch nur mal vor, wir hätten unseren eigenen Laden. Mit lauter selbst gemachten Sachen! Wär das nicht ein Traum?«

»Weiß nicht«, erwidere ich. Um meine berufliche Zukunft habe ich mir bisher noch keine Gedanken gemacht. »Ich fände es, ehrlich gesagt, sehr viel cooler, anderen zu zeigen, wie sie Mützen und Stulpen selber machen können. Oder ihre alten Sachen ganz einfach aufpeppen.«

»Ach, Sachen selber zu machen interessiert doch kaum jemanden«, hält Anna dagegen. »Oder hat dich etwa jemals ein Mädchen aus der Schule oder der Nachbarschaft darauf angesprochen?«

»Allerdings«, sage ich.

Meine Freundin mustert mich ungläubig. »Wer?«

»Maylin«, antworte ich und muss mich mächtig zusammenreißen, um nicht loszuprusten.

Maylin kaut nämlich nicht nur auf Stiften herum, sie hat auch zwei linke Hände. Die Mütze, die sie häkeln und mit Perlen oder Nieten verzieren würde, würde ich nicht mal meinem Hund aufsetzen.

»Aber es gibt ja nicht nur die Mädchen, die wir kennen oder denen wir auf der Straße begegnen«, fahre ich hastig fort, denn ich möchte gar nicht erst in Versuchung geraten, mich auf Maylins Kosten zu amüsieren.

»Stimmt«, sagt Anna. »An andere Mädchen kommt man allerdings überhaupt nicht ran. Denn die wissen ja nicht mal, dass es uns gibt.«

»Hmmm«, mache ich und blähe die Backen.

Irgendwo in den tiefsten Winkeln meines Gehirns beginnt sich eine Idee zu formen, die dann schlagartig fix und fertig ist und ein wahres Funkenfeuerwerk in meinem Oberstübchen entfacht.

»Ich hab's!«, rufe ich und springe von meinem Platz auf.

Ich drehe mich hüpfend im Kreis und werfe triumphierend die Arme in die Luft.

Augenblicklich richten sich alle Augenpaare auf mich. Zwei Jungs drehen ihren Daumen nach unten, ein dritter tippt sich an die Stirn und ein paar ältere Jugendliche auf dem Vierersitz gegenüber tauschen belustigte Blicke. Eine elegante Omi jeoch macht eine abwinkende Geste zu den beiden Jungs und reckt ihren Daumen nachdrücklich nach oben.

»Setz dich wieder hin!«, zischt Anna, krallt ihre Finger in meine Weste und zerrt mich auf den Sitz zurück. »Du bist so peinlich.«

Und wenn schon! Immerhin hatte ich gerade den Einfall des Jahrtausends. Ich finde, da darf man schon mal ein bisschen ausflippen.

»Wart's ab, wenn wir erst in der Klasse sind«, sage ich und zwinkere ihr übermütig zu.

»Ich glaube, ich will es gar nicht miterleben«, stöhnt Anna.

»Klar willst du das«, sage ich, schlinge ihr meinen Arm um den Hals und drücke ihr einen Kuss auf die Wange. »Genau das werde ich nämlich mit Frau Schnacke tun.«

»Bah, du bist eklig«, knurrt Anna und befreit sich energisch aus meiner Umklammerung. »Außerdem machst du das sowieso nie, niemals.«

»Wetten doch!«

Meine Freundin schüttelt den Kopf. »Never!«

»Na, komm schon«, fordere ich. »Um ein Eis.«

»Also gut«, willigt Anna ein. »Und ich hoffe wirklich, dass ich gewinne. Wenn nicht, wirst du nämlich in der ganzen Klasse, allen voran bei Julius, als Oberschleimerin verschrien sein. Und als reif für die Klapse.«

Ich strecke ihr die Zunge raus. »Haha, und mit so einer willst du natürlich nichts zu tun haben.«

Annas Blick verfinstert sich. »Noch weniger mit Julius.«

»Hast du ja auch nicht«, necke ich sie weiter. »Hätte ich dann bloß.«

»Ach, hör doch auf«, brummt Anna und jetzt schnellt sie von der Sitzbank hoch. »Das ist mir jetzt echt zu blöd.«

Die U-Bahn fährt gerade in den Hauptbahnhof ein und ich verrenke mir den Hals nach Jonathan. Es kommt nämlich gar nicht mal selten vor, dass er um diese Zeit auf dem Bahnsteig steht, auf seinen Zug wartet und wir uns kurz zuwinken können. Heute scheint er allerdings nicht da zu sein. Offenbar ist er eine Bahn früher gefahren oder er hat eine durchgehende Linie erwischt.

»Ich sehe ihn«, sagt Anna, während sie sich von mir entfernt.

»Wo?«

»Na, da hinten bei den Anzeigetafeln«, entgegnet sie und deutet zum Fenster raus. »Quatscht gerade mit einem Mädchen. Also bilde dir bloß nicht ein, dass du seine Ein und Alles bist.«

»Ph!«, gebe ich zurück. »Veräppel dich doch selber.«

Trotzdem drücke ich mir fast die Nase platt, um bis zu den Anzeigetafeln sehen zu können. Jona entdecke ich dort nicht und auch kein Mädchen, mit dem er sich hätte unterhalten können. Dafür bemerke ich jemand anderes, nämlich die kleine Marcie von gestern. Sie hat dieselben fleckigen Sachen an, aber zumindest ist sie heute nicht barfuß, sondern trägt an ihrem einen Fuß einen blauen Turnschuh und an dem anderen eine weiße Sandale. Neben ihr trottet ein zotteliger hellgrauer Hund her, dessen Fell an der rechten Flanke total dunkel und verklebt aussieht.

Marcies kleines Gesicht ist zu einer verzweifelten Grimasse verzerrt. Sie stampft mit den Füßen, fuchtelt mit den Armen und scheint ständig das Gleiche zu rufen. Und als die Bahn endlich stoppt und die Türen sich öffnen, höre ich dann auch, was.

»Dennis! Deeennis, warte doch maaal!«

»Na klar«, murmele ich und halte Ausschau nach jemandem, der Marcies Bruder sein könnte. – Ein ziemlich sinnloses Unterfangen, denn ich habe nicht die geringste Ahnung, ob die beiden sich überhaupt ähnlich sehen.

Ein Teil von mir will aussteigen und sich um die Kleine

kümmern, der andere jedoch möchte unbedingt pünktlich zur Deutschstunde erscheinen und Frau Schnacke von ihrer supertollen Idee erzählen. Außerdem kümmern sich die anderen Leute da draußen ja auch nicht um Marcie. Dabei sind die fast alle erwachsen und hätten verdammt noch mal die Pflicht dazu, einzugreifen, wenn ein so kleines Kind allein durch den Hauptbahnhof stromert.

Ich bin gerade drauf und dran loszustürzen, als die kleine Marcie und ihr Hund auf einmal verschwunden sind.

»Okay, Em«, murmele ich und lasse mich auf den Sitz zurückfallen, »Probleme, die sich von selber lösen, sind uns doch die liebsten, stimmt's?«

Anna hat sich inzwischen gegenüber des Ausstiegs in die Tür gestellt und mustert mich finster. Ich habe keine Lust auf neuerlichen Stress mit ihr, deshalb werfe ich ihr ein Kussmündchen zu und lächele sie anschließend mit schief gelegtem Kopf an.

»Du bist eine blöde Kuh«, formt sie lautlos mit den Lippen. Dann muss sie ebenfalls grinsen und winkt mich zu sich.

Ich verdrehe demonstrativ die Augen und lasse mir unendlich viel Zeit, meinen Rucksack aufzuheben und mir über die Schulter zu hängen, bevor ich zu meiner Freundin hinüberhusche.

»Manchmal bist du echt …«

»Peinlich, ich weiß«, vervollständige ich ihren Satz. »Aber das ist mir egal. Ich habe mich einfach bloß total über meine ultrageniale Idee gefreut.«

»Aha, und wann verrätst du mir … deine *ultrageniale* Idee?«

»Jetzt und sofort«, sage ich, »sie hat übrigens mit dem Website-Projekt zu tun.«

Anna bekommt ganz große Augen.

»Oh, du meinst, wir sollten als Thema Häkelmützen und Teo-Shirts aufpeppen nehmen?« Sie lacht. »Das ist wirklich eine super Idee, ich glaube aber nicht, dass Frau Schnacke damit einverstanden ist. Sie hat gesagt, dass es ein ernsthaftes Projekt sein soll.«

»Anna, es ist eine ernsthafte Idee«, versichere ich ihr. »Es ist die beste, die ich je hatte.«

»Ja, klar.« Sie schüttelt den Kopf.

»Und es soll auch gar keine Website werden, sondern ein Blog. Das ist nämlich viel besser, weil sich da jeder beteiligen kann und ...«

»Das ist aber nicht die Aufgabe«, wendet meine Freundin ein.

Die Bahn ist längst wieder losgefahren, die Lichter des Hauptbahnhofs verschwinden hinter der dunklen Kurve des U-Bahntunnels, als weiter vorn im Wagen ein Tumult losbricht. Zwei Männer und eine Frau reden aufgeregt durcheinander. Sie sprechen ziemlich laut und einige Fahrgäste spitzen die Ohren oder drehen sich gleich nach den Streitenden um. Ich würde auch gerne wissen, was da los ist, aber ich kann nur Wortfetzen verstehen.

»Unverschä...« – »Sauer...« – »... denn allei...«

Dazu bellt ein Hund. Vier- oder fünfmal, dann geht das Kläffen in Knurren und schließlich in ein Winseln über.

Ich mache einen Schritt rückwärts, hebe mich auf Zehenspitzen und recke den Hals.

»Sei nicht so neugierig!«, raunt Anna. »Man muss sich nicht überall einmischen.«

»Will ich ja auch gar nicht«, murmele ich, als eine empörte Kinderstimme ertönt.

»Lass mich in Ruhe, das darfst du nicht!«

»Marcie«, murmele ich. »Das ist … Marcie.«

»Ja und?« Anna schüttelt den Kopf. »Wer zum Teufel ist *Marcie*?«, fragt sie dann.

»Ein kleines Mädchen«, sage ich. »Sie war … Ich habe sie eben da draußen auf dem Bahnsteig gesehen.«

Offenbar ist sie mit ihrem Hund in unsere Bahn eingestiegen. Aber was ist dann geschehen? Wieso regen sich diese Frau und die beiden Männer so sehr auf?

Ich überlege nicht lange und laufe los. Immer wieder um Entschuldigung bittend, zwänge ich mich zwischen den Leuten im Gang hindurch, ignoriere Annas Rufe, lasse mich von einer älteren Dame als Rüpel beschimpfen und von einem circa achtjährigen Jungen in den Bauch zwicken.

Und dann stehe ich vor ihr.

Marcie ist aschfahl im Gesicht. Ihre Stirn glänzt von Schweiß und einzelne klatschnasse Strähnen ihrer zerzausten Haare kleben ihr im Gesicht. An ihrer rechten Hand und auf ihrer Leggins bemerke ich Blutspuren. Der graue Hund drückt sich an ihren Oberschenkel und hechelt. Seine Zunge ist blassrosa und seine Augen mit gelbem Schleim verklebt. Der dunkle Fleck in seinem Fell scheint ebenfalls Blut zu sein.

Ich bin total geschockt und weiß einen Moment lang gar nicht, was ich machen soll.

Als Marcie mich erkennt, leuchten ihre Augen auf. »Emely!«,

stößt sie hervor. »Du musst mir helfen. Die wollen mich an der nächsten Station rauswerfen.«

»Keine Angst, das dürfen sie nicht«, stammele ich.

Ein Mann in Pops' Alter, der auf einem Einzelplatz gegenüber sitzt, nickt. »Das habe ich den beiden Herrschaften auch schon gesagt«, pflichtet er mir bei. »Man kann doch so ein kleines Kind nicht mitten in der Stadt aussetzen«, macht er seiner Empörung Luft.

»Ich bin nicht klein«, sagt Marcie. »Außerdem passt Mecki auf mich auf.«

»Aber du hast keine Fahrkarte«, erwidert die Frau, die hinter ihr steht, während der Mann daneben sich eifrig Notizen macht. »Weder für dich noch für deinen Hund. Und ihren Namen will sie uns nicht sagen«, setzt sie an mich gewandt hinzu.

»Kennst du die Kleine?«, richtet sich der Mann mit dem Notizblock nun ebenfalls an mich. Er hat stoppelkurze braune Haare und helle Augen, aus denen er einen regelrechten Stechblick auf mich abfeuert. »Weißt du, wo ihre Mutter ist?«

»Ähm …«

Ich starre Marcie an. Keine Ahnung, was ich darauf antworten soll. Einerseits weiß ich genau, dass es ein Fehler wäre, zu lügen, denn diese Frau und der Mann mit den Stechaugen sind ganz ohne Zweifel Kontrolleure. Sie werden garantiert alle Angaben genau überprüfen. Andererseits möchte ich Marcie natürlich auch nicht in die Pfanne hauen.

»Die arbeitet!«, behauptet sie jetzt.

»Aha.« Die Kontrolleurin mustert die Kleine durchdringend. »Und wo, wenn ich fragen darf.«

»Das weiß ich nicht«, erwidert Marcie und jetzt fängt sie an zu weinen. »Irgendwo. Mecki ist krank, er hatte eine Rauferei und ich suche Dennis.«

»Das ist ihr Bruder«, sage ich schnell, bevor diese blöden Kontrolleure sie weiter ausfragen.

»Dann kennst du sie also«, stellt der Mann mit dem Notizbuch fest. »Name?«

»Ähm ja, also … wie schon gesagt«, stammele ich, »Marcie. Den Nachnamen weiß ich leider auch nicht.«

»Doch nicht ihren«, blafft der Kontrolleur mich an. »Deinen.«

»Emely«, keucht Anna hinter mir, ehe ich antworten kann. »Was machst du denn hier? Wer ist Marcie?«

Ich spüre ihre Hände an meiner Weste und ihren Atem an meiner Wange. »Oh Gott, was ist denn mit dem Hund passiert?«

»Er hatte eine Rauferei«, wiederholt Marcie schluchzend. »Mit einem Schäferhund.« Sie wischt sich mit der blutigen Hand durchs Gesicht und hinterlässt dabei eine rote Spur auf ihrer Wange. »Und jetzt muss ich Dennis finden.«

»Heißt das, dein Bruder ist hier? In dieser Bahn?«, frage ich und deute auf den Boden. Ich gehe vor Marcie in die Hocke, damit sie nicht weiter zu mir hochsehen muss, und berühre sie sanft an der Schulter. Mecki schnuppert kurz an meinem Knie, dann fängt er wieder an zu winseln. »Bist du deshalb in diesen U-Bahnzug gestiegen?«

Marcie zieht die Nase hoch und nickt.

»Mecki braucht einen Verband«, sagt sie und noch mehr Tränen kullern ihr über die Wangen.

Ich schaue über meine Schulter zu Anna hinauf. »Hast du mal ein Taschentuch?«

»Ja, klar«, sagt sie und macht sich an ihrem Rucksack zu schaffen.

Die Erwachsenen ringsum gucken nur sensationsheischend. Zwei ältere Damen tuscheln hinter vorgehaltener Hand und der Mann, der Marcie eben noch beigesprungen ist, hat sich mittlerweile weggedreht und wischt auf dem Display seines Handys herum.

Anna hält Marcie ein Tempo hin, doch die macht keinerlei Anstalten, es zu nehmen. Also schnappe ich es mir, schlage es auseinander und trockne der Kleinen das Gesicht und die verrotzte Nase ab.

»Was würde denn ein Fahrschein kosten?«, frage ich die Kontrolleure. »Für Marcie und ihren Hund?«

»Das kommt darauf an, an welcher Station sie aussteigt«, entgegnet der Mann mit dem Stechblick.

»Bis Pommernplatz«, sage ich, ohne darüber nachzudenken.

»Eins fünfzig die Kleine, eins dreißig der Hund«, rattert die Kontrolleurin herunter.

»Du spinnst ja«, raunt Anna hinter mir.

Ich beachte sie nicht. Es steht mir nämlich bereits bis sonst wo, dass keiner der Erwachsenen etwas unternimmt. Da könnte Anna sich wirklich mal zurückhalten.

»Vielleicht hat ihr Bruder ja auch einen Fahrschein gelöst«, sage ich hoffnungsvoll.

Marcie presst die Lippen aufeinander und guckt mich an, als wollte sie mich hypnotisieren. Stirnrunzelnd erwidere ich ihren Blick und sehe, wie sie nahezu unmerklich den Kopf schüttelt.

Ich begreife sofort.

Dennis besitzt ebenso wenig eine Fahrkarte wie sie. Sie haben kein Geld, um sich eine zu kaufen, und gehen jedes Mal wieder das Risiko ein, beim Schwarzfahren erwischt zu werden.

»Kannst du mir mal mein Portemonnaie geben?«, bitte ich Anna. »Es ist im Seitenfach.«

»Aber du willst doch nicht etwa …?«

»Mach einfach«, falle ich meiner Freundin ins Wort. »Ansonsten ist hier ja offenbar keiner bereit, der Kleinen zu helfen«, füge ich laut und deutlich hinzu.

Wie auf Kommando schauen alle weg, die der Szene eben noch wie gebannt gefolgt sind.

»Doch, ich«, meldet sich der Mann mit dem Handy überraschend zu Wort. Er zieht eine Geldbörse aus der Innentasche seines Jacketts hervor. »Ich bezahle die beiden Tickets.«

»Die eigentlich bei Antritt der Fahrt hätten gelöst werden müssen«, entgegnet die Kontrolleurin schmallippig.

»Marcie ist gerade erst am Hauptbahnhof eingestiegen«, protestiere ich. »Sie hatte ja nicht mal die Chance, überhaupt bis zum Automaten zu kommen. Jedenfalls nicht mit ihrem verletzten Hund«, beeile ich mich hinzuzusetzen, bevor die beiden superschlauen Oberkontrollettis abermals etwas einwenden können.

»Das kann ich bestätigen«, sagt der Handy-Mann und reicht der Kontrolleurin einen Fünfeuroschein. »Der Rest ist für Sie«, meint er lächelnd.

»Vielen Dank, aber das darf ich nicht annehmen«, erwidert sie schroff. »Und falls besagter Bruder hier gleich noch auftauchen und ebenfalls ohne gültigen Fahrausweis sein sollte, werden wir ganz sicher nicht noch einmal ein Auge zudrücken.«

Sie hat es kaum ausgesprochen, da huscht ein Anflug von Panik über Marcies Gesicht. Mit großen Augen guckt sie jemanden hinter mir an und wedelt wie wild mit den Händen.

»Schnell! Hau wieder ab«, wispert sie.

Die beiden Kontrollettis kriegen es zum Glück nicht mit, aber mir ist natürlich sofort klar, dass Marcie damit nicht Anna gemeint hat, sondern ihren Bruder Dennis.

Reflexartig drehe ich mich um. Mein Plan, dem fremden Jungen, den ich neben, beziehungsweise direkt hinter meiner Freundin vermute, meine Hände auf die Brust zu legen und ihn in den Gang zurückzuschieben, scheitert im selben Moment, als ich ihn erblicke – und erkenne!

Borussia-Dortmund-Kappe, lange blonde Locken, überheblicher Blick und mein Skateboard unter dem Arm.

»Du!«, stoße ich hervor. »Du verdammtes, dämliches A…«

»Lass stecken, Em!«, höre ich Jonathan rufen und dann taucht auch schon sein vertrautes Gesicht hinter Dennis auf.

Verdattert starre ich ihn an. »Was machst *du* denn hier?«

Als Antwort wedelt Jona nur ungeduldig mit der Hand und nicht einmal einen Atemzug später springt Marcies Bruder mit einem Satz auf einen gerade frei gewordenen Sitz und hebt mein Skateboard hoch über seinen Kopf. Ein paar Leute schreien erschrocken auf und der Stechblick-Kontrolleur brüllt: »Runter von der Bank! Aber ein bisschen plötzlich!«

Doch Dennis reagiert nicht. Er zuckt nicht mal mit der Wimper. Der Einzige, der ihn zu interessieren scheint, ist Jonathan. Sein Blick klebt geradezu auf meinem Kumpel.

»Verpiss dich!«, zischt er. »Oder ich hau dir das Ding um die Ohren.«

Anna neben mir keucht erschrocken auf. Sie krallt sich an meinem Arm fest und zerrt mich zu sich heran.

Jonathan steht jetzt ganz allein vor Dennis. Das Skateboard schwebt drohend über ihm. Doch anstatt zur Seite zu weichen, macht er noch einen weiteren Schritt auf Marcies Bruder zu und reckt provozierend sein Kinn vor.

»Na, was ist? Worauf wartest du?«

Hinter mir kreischt Marcie und Mecki fängt wieder an zu bellen. Die übrigen Fahrgäste sind verstummt. Einige stehen auf und verdrücken sich in den hinteren Waggonteil.

»Irgendjemand sollte allmählich mal eingreifen«, ruft ein Mann. »Sonst geschieht noch ein Unglück.«

»Keine Sorge, wir haben das im Griff«, erwidert die Kontrolleurin. »Die Polizei ist bereits verständigt.«

Ein Bluff!, schießt es mir durch den Kopf. Die hatten doch gar kein Handy dabei, über das sie die Polizei hätten alarmieren können. Der nette Herr, der Marcie das Ticket spendiert hat, allerdings schon.

Dennis kümmert das alles nicht.

»Lass mich vorbei«, blafft er Jona an.

Mit angespannten Mienen tragen die beiden Jungen ein Blickgefecht aus. Schließlich schüttelt Jonathan den Kopf.

»Das Brett gehört meiner Freundin Emely«, sagt er. »Gib es ihr zurück und dann kümmer dich gefälligst um deine Schwester.«

»Du hast mir gar nichts zu sagen, Feigling!«, knurrt Dennis.

Und dann geht alles ganz schnell.

Mein Skateboard poltert zu Boden. Jona kann gerade noch rechtzeitig ausweichen. Und Dennis klettert flink wie ein Wiesel über die Rückenlehnen der Sitzbänke und zwischen den Fahrgästen hindurch in den vorderen Bereich des Wagens.

Niemand wagt es, ihn aufzuhalten.

»Und ich soll ein Feigling sein«, murmelt Jonathan und hebt mein Skateboard auf.

»Das bist du nicht.« Anna guckt ihn an, als wäre er der Terminator und Superman in einer Person. »Nie im Leben hätte ich dir zugetraut, dass du dich mit so einem Typen anlegst.«

Tja, für seine Ein und Alles macht er so etwas eben schon, denke ich bei mir. Keine Ahnung, wieso Anna mir eben noch weismachen wollte, dass Jona sich mit einem Mädchen unterhalten hätte. Vielleicht ist es sogar so gewesen. Na und? Viel wichtiger ist mir, dass er zu mir hält, wenn es darauf ankommt … und dass Anna ihre Meinung über ihn jetzt hoffentlich ändert.

Mir ist es im Übrigen auch völlig egal, ob Dennis von der Polizei geschnappt wird oder nicht. Ich habe mein Brett zurück, das ist das Einzige, was für mich zählt. Abgesehen davon geht es mir im Augenblick vor allem darum, dass diese blöden

Kontrolleure die kleine Marcie in Ruhe lassen und dass Meckis Wunde und seine Augen versorgt werden.

Und danach ist Jona dran. Für diese Aktion hätte er sich eigentlich einen Kuss verdient, aber zwischen Kumpels ist so etwas natürlich nicht drin, das geht nur unter besten Freundinnen. Ich werde mir also etwas anderes einfallen lassen müssen. Vorher ist er mir allerdings noch die Antworten auf ein paar brennende Fragen schuldig.

Projekt-Variation

Nachdem ich den beiden Oberkontrollettis vom Dienst klargemacht habe, dass Marcie und Mecki inzwischen erstens ein gültiges Ticket besaßen und zweitens Anna, Jona und ich uns ab sofort um die beiden kümmern würden, besinnen sie sich glücklicherweise wieder auf ihre eigentliche Aufgabe, nämlich das Kontrollieren der Tickets der übrigen Fahrgäste. Lustigerweise vergessen sie dabei aber, sich auch meine Schülerkarte und die meiner beiden Freunde vorzeigen zu lassen.

So oder so bin ich heilfroh, als wir den Pommernplatz erreichen und endlich aussteigen können.

Marcie begleitet uns allerdings nur widerstrebend.

»Wo wolltest du überhaupt hin?«, frage ich, nachdem ich sie in die Mitte des Bahnsteigs gezogen habe, damit wir den vorbeiströmenden Leuten nicht im Weg stehen.

»Zu Dennis natürlich«, erwidert sie. »Er ist einfach weggelaufen.« Sie deutet auf mein Skateboard, das Jonathan unter dem Arm trägt. »Bestimmt wollte er das verkaufen, damit wir Geld für den Tierarzt haben.«

Anna, Jona und ich tauschen vielsagende Blicke.

»Aber es gehört mir«, sage ich. »Dein Bruder hat es mir gestohlen. Da kann er es doch nicht einfach verkaufen.«

Marcie senkt den Kopf und scharrt mit der Außensohle ihrer Sandale über den Boden.

»Du magst mich doch, oder?«, frage ich. »Sonst hättest du heute bestimmt nicht zwei verschiedene Schuhe angezogen. Oder?«

»Mhm.« Die Kleine nickt.

»Ich mag dich auch«, sage ich. »Und deshalb möchte ich dir helfen.«

Meckis Wunde habe ich mir mittlerweile angesehen. Sie scheint nicht besonders tief zu sein und blutet auch nicht mehr. Trotzdem sollte unbedingt ein Tierarzt einen Blick darauf werfen.

»Ich glaube, dein Hund ist nicht nur verletzt, sondern leider auch krank«, setze ich eindringlich hinzu, während ich Mecki vorsichtig hinter den völlig verfilzten Ohren kraule. »Ich kenne übrigens eine sehr nette Tierärztin, die …«

»Wir haben aber kein Geld für so was«, fährt Marcie dazwischen und jetzt klingt sie richtig wütend. »Sagt Mama jedenfalls. Sie will Mecki sowieso loswerden. Und wenn du dein dummes Rollbrett nicht verkaufen willst, muss er eben krank bleiben.«

»Na hör mal!«, sagt Anna empört. »Was redest du denn da?«

»Sie kann doch nichts dafür«, beschwichtigt Jona sie. »Die Familie hat nun mal besondere Probleme.«

Ungläubig sehe ich ihn an. »Du kennst sie?«

»Die Kleine nicht«, erwidert er. »Aber Dennis war mal in meiner Klasse. Ganz am Anfang auf der Grundschule. In der Zweiten ist er zurückgestuft worden.«

»Seid ihr befreundet gewesen?«

Jonathan antwortet nicht gleich. Vermutlich weiß er es selber nicht so genau.

»Nee, eigentlich nicht«, entgegnet er schließlich. »Manchmal haben wir in den Pausen Sammelbilder getauscht. Na ja, und irgendwann hat Dennis mir eine Tüte geklaut, da war ich dann ziemlich sauer auf ihn. Mein Borussen-Album ging mir damals nämlich über alles«, fügt er mit einem verschmitzten Lächeln hinzu.

»Aah!« Ich stoße einen Pfiff aus. »Deshalb hast du gestern gemeint, du würdest den Dieb kennen«, schlussfolgere ich und tippe mir an die Stirn. »BVB-Käppi …«

»Und blonde Locken. Jep.« Jona nickt. »Ich habe Dennis einige Male von der Bahn aus gesehen.«

»Ob er überhaupt noch zur Schule geht?«, überlege ich.

»Natürlich tut er das«, kräht Marcie. »Dennis ist ziemlich gut im Rechnen. Und toll Englisch sprechen kann er auch.«

Wieder sehen Jona, Anna und ich uns nur an.

»Hör zu«, sage ich, während ich meine Umhängetasche öffne, ein Blatt von meinem Kollegblock abreiße und einen Stift hervorkrame. »Du kannst doch Zahlen lesen, oder?«, vergewissere ich mich.

Marcie nickt eifrig. »Hat Dennis mir beigebracht.«

»Gut«, sage ich. »Dann fährst du jetzt zu Annas Mutter. Die hat nämlich eine Tierarztpra…«

»Nein«, fällt Anna mir ins Wort. »Nicht schon wieder. Diese Frau Roemer wird die Rechnung über die Behandlungskosten ihres Kätzchens in den Müll schmeißen und Marcie hat kein Geld, um einen Tierarzt zu bezahlen. Das hat sie eben selber gesagt. Mama kann doch nicht alle umsonst behandeln.«

»Aber Mecki ist krank und verletzt«, erwidere ich. »Irgendjemand muss ihm helfen. Deine Mutter macht das bestimmt gern.«

»Ja, klar.« Anna schüttelt genervt den Kopf. »Und was ist, wenn das noch mal passiert? Wenn er wieder krank wird oder in eine Rauferei mit einem anderen Hund gerät? Mann, Emely, meine Mutter hat eine Tierarztpraxis und keine Sozialstation.«

»Ich bezahle es«, sage ich spontan.

»Ach ja?« Anna funkelt mich aus ihren Haselnussaugen herausfordernd an. »Und wie?«

»Keine Sorge, mir fällt schon was ein«, erwidere ich ungeduldig.

»Du bist echt bescheuert«, murmelt sie.

Schon möglich, aber ich kann nun mal nicht anders.

Jonathan wiegt seinen Kopf hin und her und lächelt schief, und das zeigt mir, dass zumindest er mich versteht. Ich lächele zurück und notiere in sauberen Großbuchstaben Namen und Anschrift von Frau Gerlachs Praxis auf dem Zettel. Darunter schreibe ich:

Liebe Frau Gerlach,
bitte behandeln Sie diesen Hund. Ich werde das Geld dafür schon irgendwie aufbringen. Danke!
Emely

Ich falte den Zettel zusammen, beuge mich zu Marcie hinab und drücke ihn ihr in die Hand.

»Du fährst da jetzt sofort hin«, schärfe ich ihr ein und erkläre ihr, welche Linie sie nehmen und wo sie aussteigen muss. »Sag, dass ich dich geschickt habe, und wenn sie dir nicht glauben, gib ihnen diesen Brief. Da steht auch die Adresse drauf. Falls du es nicht findest.«

Die Kleine sieht mich mit großen Augen an.

»Du bist wirklich nett«, sagt sie und schlingt mir ihre Arme um den Hals. »Kannst du nicht meine Schwester sein? Bitte, bitte, bitte!«

»Das geht leider nicht«, erwidere ich.

»Und warum nicht?«

»Weil … Weil … ich in Wirklichkeit gar kein Mensch bin«, flüstere ich ihr ins Ohr. »Sondern so etwas wie eine … ähm, Glücksfee.«

Klar, denke ich bei mir. Und eine Elfe … und eine Prinzessin … Aber was soll ich sonst sagen? Schließlich ich will Marcie nicht vor den Kopf stoßen, und zum Glück glauben kleine Kinder ja noch an so was.

»Aber Feen sind unsichtbar«, wendet Marcie sofort ein.

»Nicht immer«, sage ich und durchforste mein Gehirn nach einer Erklärung, die für die Kleine möglichst einleuchtend klingt. »Wenn sie dringend gebraucht werden, können sie auch schon mal sichtbar werden.« – Puh!

Ich streiche ihr kurz über den Rücken, löse mich aus ihrer Umklammerung und ziehe ein weiteres Ticket am Automaten.

Jonathan verspricht, zumindest noch bis zum Hauptbahnhof auf sie und Mecki zu achten.

»Dort werde ich dann in eine andere Bahn umsteigen als du«, erklärt er Marcie.

»Stimmt«, bestätige ich. »Er hätte nämlich längst in der Schule sein müssen.«

»Genauso wie ihr«, entgegnet Jona mit einem breiten Grinsen.

Anna und ich haben fast zwanzig Minuten Verspätung, worüber Frau Schnacke natürlich alles andere als begeistert ist. Ich gebe mir wirklich Mühe, ihr klarzumachen, dass wir einem kleinen Mädchen und deren kranken Hund helfen mussten, aber leider hat es nicht den Anschein, als ob meine Klassenlehrerin mir diese Geschichte abnimmt.

Mit grimmiger Miene verweist sie meine Freundin und mich auf unsere Plätze und macht einen Eintrag ins Klassenbuch.

»Diese Unterrichtsstunde ist außerordentlich wichtig«, sagt sie mit spitzer Stimme und zeigt an die Tafel, die bereits von oben bis unten vollgeschrieben ist. »Wir sind nämlich gerade dabei, uns den Aufbau einer Website zu erarbeiten. Das Wichtigste habt ihr jetzt leider verpasst.«

»Ähm … oh«, stammele ich. Zum einen, weil mir nichts Besseres einfällt und zum anderen, weil ich gerade meine Unterlagen aus der Umhängetasche krame. »Dazu hätte ich mal eine Frage.«

»Nun, das kann ich mir kaum vorstellen«, entgegnet Frau Schnacke und stöckelt auf den halbhohen Absätzen ihrer komischen braunen Gittersandalen auf mich und Anna zu. »Ihr habt genau drei Minuten Zeit, um den Text von der Tafel abzuschreiben. Für Fragen scheint mir da wenig Raum zu sein.«

Ich stöhne leise, weil es mich nervt, dass sie sich immer so geschwollen ausdrückt. Und weil sie immer alles an der Tafel notiert, anstatt Arbeitsblätter auszuteilen, so wie *alle* anderen Lehrer an unserer Schule es machen.

»Was man selber aufschreibt, prägt sich viel besser ein.«

Das ist ihre Auffassung, die sie uns mindestens einmal in der Woche unter die Nase reibt und auf der sie stur beharrt. Anna und ich und die meisten unserer Mitschüler zweifeln gar nicht daran, dass das stimmt, wir glauben aber auch, dass Frau Schnacke einfach keine Lust hat, jedes Mal für die ganze Klasse Kopien anzufertigen.

»Wir können es doch genauso gut auch in der Pause von Maylin abschreiben«, sage ich. »Es hätte den Vorteil, dass Sie nicht extra unseretwegen warten müssen … und ich meine Frage stellen könnte.«

»Du sagst es, Emely«, erwidert meine Klassenlehrerin. »*Könnte*. Die Pause ist nämlich in erster Linie zu eurer Erholung da.«

»Und zum Pinkeln«, kommt es von Julius. »Das dürfen wir bei Ihnen nämlich nicht.«

»Was nicht ganz richtig ist«, korrigiert Frau Schnacke ihn ungerührt. »In Ausnahmefällen dürft ihr das durchaus.« Dann wendet sie sich wieder Anna und mir zu. »Und jetzt schlagt bitte eure Hefte auf und fangt an. In zweieinhalb Minuten wischt Maylin die Tafel aus.«

»Was, ich?«

Maylin zieht den roten Filzer, auf dem sie gerade herumgekaut hat, aus dem Mund. Ihre Lippen sind knallrot und auf ihrem Kinn befinden sich bereits ein grüner Strich und ein lilafarbener Punkt. »Aber ich bin doch nur einsvierunddreißig groß.«

»Kein Problem!« Julius springt von seinem Platz auf. »Ich lauf schnell runter zu Hausmeister Lehmrodt und hol die Klappleiter.«

»Hiergeblieben!«, donnert Frau Schnacke. »Wir sind doch nicht im Affentheater, bei dem jeder machen kann, was er will.«

Sofort fangen Robin, Kai und Jannik an, sich in den Haaren zu lausen und mit den Armen zu schlenkern. Mesut gibt Schimpansenlaute von sich und ein paar Mädchen kichern.

»Ruhe bitte!«, ruft Frau Schnacke, und als das nichts hilft, schnappt sie sich Ann-Christins Deutschbuch, hebt es in die Höhe und lässt es mit einem lauten Klatscher auf den Tisch zurückfallen.

Ann-Christin zuckt erschrocken zusammen und in der Jungsecke ist es mit einem Schlag still.

Maylin meldet sich.

»Ja, bitte«, sagt Frau Schnacke.

»Ich möchte gerne wissen, was Emely für eine Frage hat.«

»Und ich sagte bereits, dass dafür keine Zeit ist«, erwidert unsere Klassenlehrerin.

»Ist nicht wahr!«, brüllt Julius. »Sie sagten, dafür wäre kein Raum.« Er macht eine ausholende Armbewegung. »Ich finde aber, hier ist Platz genug.«

»Und ich finde, dass Anna und Emely durch ihr Zuspätkommen schon genug Unruhe in die Klasse gebracht haben«, gibt Frau Schnacke streng zurück und abermals wandert ihr Blick zu uns. »Also …?«

»Grrr«, mache ich leise und Anna verdreht die Augen.

Ich krame meinen Füller raus, ziehe die Kappe ab und beschließe, alles auf eine Karte zu setzen.

»Anna und ich möchten keine Website machen, sondern einen Blog«, sage ich laut und deutlich.

»Jaaa!«, grölt Jannik. »Das ist cool. Das will ich auch.«

»Wie bitte?« Frau Schnacke mustert mich durchdringend. »Was möchtest du?«

»Einen Blog«, wiederhole ich und noch ehe unsere Klassenlehrerin erneut etwas einwenden kann, bin ich bereits durchgestartet. Mit wenigen Sätzen und ohne zu stottern oder zu stammeln erkläre ich ihr, was Anna und mir vorschwebt und warum wir dafür einen Blog für die geeignetere Plattform halten.

Frau Schnacke unterbricht mich kein einziges Mal. Im Gegenteil, sie wirft ihre dunklen Locken zurück, spitzt die orange geschminkten Lippen und hört mir aufmerksam zu. Ich bilde mir sogar ein, aus ihrem Gesichtsausdruck ablesen zu können, dass meine Argumente sie überzeugen. Wenn alles gut geht, werde ich sie nicht mal küssen müssen. Es wäre mir sowieso tausendmal lieber, Anna ein Eis auszugeben.

Als ich mit meinen Ausführungen fertig bin, dreht Frau Schnacke sich um und geht langsam auf den Lehrertisch zu.

»Also gut«, sagt sie, nachdem sie sich wieder der Klasse zugewandt hat. »Ich denke, das lässt sich mit Lehrplan und Thema vereinbaren.«

»Frau Schnacke ist doch nicht so kacke«, jubelt Anna nach Schulschluss. »Nie im Leben hätte ich gedacht, dass du damit durchkommst. Du bist einfach die geborene Leuteüberzeugerin.«

»Ja, und Julius' neuer Liebling«, stöhne ich.

»Immer noch besser, als von ihm verspottet zu werden«, meint Anna.

»Ich weiß nicht«, sage ich. »Der ist mir in der Pause ja gar nicht mehr von der Seite gewichen. Hat mich mit Fragen bombardiert …«

»… und dich angeschmachtet«, führt Anna grinsend fort.

»Sehr lustig«, brumme ich.

Auch wenn Julius wegen seiner Schlagfertigkeit gegenüber Frau Schnacke heute durchaus ein paar Prozentpunkte bei mir gewonnen hat, habe ich nicht vor, meine klassenkameradschaftliche Beziehung zu ihm in irgendeiner Weise zu vertiefen.

»Das ist spätestens vorbei, wenn ich meine Brille habe«, stelle ich hoffnungsvoll in Aussicht.

»Ja, wenn«, sagt Anna und stupst mich in die Seite. »Och, Em, ich würde dir toootaaal gerne beim Aussuchen helfen«, bettelt sie. »Es gibt so stylische Teile, und wenn ich mir vorstelle, dass du dir eins dieser ultrahässlichen schwarzen Dinger ins Gesicht pflanzt …«

»Was dann?«, helfe ich ihr auf die Sprünge. »Willst du dich im Klo ersäufen? Oder mir die Freundschaft kündigen?«

»Natürlich nicht!«

»Na also«, sage ich. »Und ich versichere dir: Jonathan hat auch keinen schlechten Geschmack.«

Anna zieht die Mundwinkel ein und guckt beleidigt.

»Er darf also mit und ich nicht?«

»Jep. Er und meine Mutter.«

»Okay«, lenkt Anna ein. »Mehr Berater brauchst du wohl wirklich nicht. Und was Jonathan angeht …«

Sie macht eine bedeutungsvolle Pause.

»Na los, raus mit der Sprache!«, ermuntere ich sie.

»Er scheint tatsächlich ganz in Ordnung zu sein. So wie er sich heute für dich eingesetzt hat.« Anna seufzt leise. »Lauert diesem Dennis auf, um dein Skateboard zurückzuerobern. Fast hätte er sich deswegen mit ihm geprügelt.«

»Jetzt übertreib mal nicht«, wiegele ich ab. »Sonst bekomme ich noch ein schlechtes Gewissen.«

»Na ja, bedanken könntest du dich vielleicht schon«, rät sie mir und plötzlich schaut sie ganz ernst. »Trotzdem solltest du das Entscheidende nicht vergessen: Jonathan ist ein Junge. Irgendwann wird er sich verlieben. In ein Mädchen, Em. Und spätestens dann bist du abgemeldet.«

Ich gebe mir wirklich alle Mühe, mir Annas letzte Worte nicht zu sehr zu Herzen zu nehmen, doch sie nagen mit der gleichen Hartnäckigkeit an mir, wie ein Biber an einem Baumstamm.

Erst als ich zu Hause bin und meine kleine Mieze und den Hulk zusammengekuschelt schlafend in ihrem Karton in der Diele vorfinde, schaffe ich es, zumindest nicht mehr allzu intensiv darüber nachzugrübeln.

Ohnehin ist es alles andere als sicher, dass Jonathan sich irgendwann mal verliebt (ich werde das schließlich auch nicht tun), und selbst wenn, muss das nicht zwangsläufig bedeuten, dass er dann nichts mehr mit mir zu tun haben will.

»Verrätst du mir, wie du heißen willst?«, frage ich und streichele dem Kätzchen über das weiche Fell.

Es gähnt und reckt die Vorderpfoten und gibt ein leises Maunzen von sich. Auf ein Schnurren warte ich allerdings vergeblich.

»Geht es dir nicht gut?«, murmele ich, setze mich im Schneidersitz auf den Boden und hebe die Kleine vorsichtig auf meinen Schoß. »Hast du Schmerzen?«

Wie zur Bestätigung maunzt sie noch ein zweites Mal. Es hört sich in der Tat ziemlich kläglich an. Und während das Kätzchen schlapp auf meinen Beinen liegen bleibt, springt der kleine graue Hulk sofort auf. Er hangelt sich an meinem Knie hoch, umklammert meine Hand und haut seine spitzen Zähnchen in meine Finger.

»Na, du putziger Königstiger, du hast wohl Hunger«, murmele ich und lache in mich hinein, weil seine winzigen Krallen und Zähne mehr kitzeln als wehtun. »Und du, meine süße Miss Hinkebein, was ist mit dir? Soll ich dir ein bisschen Milch bringen?«

Behutsam lege ich die Kleine in den Karton zurück und rapple mich auf. Dabei fällt mein Blick auf den Schuhschrank.

Dort, wo gestern noch die Delle war, befindet sich nun ein kleines Bild in einem quadratischen, moosgrünen Rahmen. Es ist eine locker dahingestrichelte Schwarz-Weiß-Zeichnung und stellt einen Vogel dar. Neben dem Schuhschrank hängt ein schlichter ovaler Spiegel, über den eine Rosenblütenlichterkette drapiert ist.

Oh mein Gott. Kitschiger geht es ja wohl kaum! Das hat

nie im Leben meine Mutter gemacht. Aber wenn nicht sie, wer dann?

Da bemerke ich auf dem Schuhschrank einen fliederfarbenen Umschlag.

Becca

steht vorne drauf. Sonst nichts.

Es ist Moms' Name. Das heißt, eigentlich heißt sie Rebecca. Doch sowohl ihre Eltern, Oma und Opa Prinsloo, die Engländer sind und in London leben, als auch Pops und alle ihre Freunde nennen sie einfach nur Becca. Und weil ich die Handschrift meines Vaters sofort erkenne und der Umschlag außerdem nicht zugeklebt ist, kann ich einfach nicht widerstehen.

Ich schlage die Lasche zurück und ziehe einen sonnengelben Zettel heraus, falte ihn auseinander und lese:

Meine liebe Becca,
wahrscheinlich wird dir meine Deco nicht gefallen, aber ich fühle mich für das Chaos, das Emely hinterlassen hat, verantwortlich. Ich kann dir gar nicht sagen, wie leid es mir tut, dass ich sie so verärgert habe, aber im Di Angelo schien sie mir noch vernünftig und gefasst. Ich habe sie und die Gesamtsituation einfach falsch eingeschätzt, was wohl daran liegt, dass ich in der letzten Zeit viel zu wenig Kontakt zu den Kindern hatte. So absurd es sich in deinen Ohren vermutlich anhören mag, aber das wird sich in Zukunft ändern.

Auch wenn oder gerade weil ich von hier wegziehe, möchte ich Teo und Emely so oft wie möglich um mich haben.
Mit Vater habe ich bereits gesprochen: Solange Mutter auf »Weltreise« ist, kann ich bei ihm wohnen, wenn ich in der Stadt bin.
Für die Kinder bin ich immer da

Meine Hände zittern und die Wörter verschwimmen vor meinen Augen. Hastig falte ich den Brief zusammen und stopfe ihn in den Umschlag zurück.

Pops hat also den Spiegel angebracht und das Bildchen an den Schuhschrank geklebt. Er war hier in der Wohnung, während Moms im *Dress 'n Veggies* und Teo und ich in der Schule gewesen sind. Ohne sich darum zu scheren, wie es uns geht, schleicht er sich klammheimlich bei uns ein, dekoriert lustig herum und verdrückt sich wieder, bevor er einem von uns in die Arme laufen kann.

Von wegen, er ist immer für uns da!

»Du bist ein feiger Hund, Pops, weißt du das!«, knurre ich. »Und darüber bestimmen, wann ich wie viel Zeit mit dir verbringen will, kannst du schon mal gar nicht!«

Ich knalle den Umschlag auf den Schuhschrank, wische mir energisch die Tränen aus dem Gesicht und stapfe in die Küche.

Eine Idee nimmt Gestalt an

Nachdem die kleine Miss Hinkebein und Teos Hulk versorgt sind und sie wieder friedlich schlummernd in ihrem Karton beieinanderliegen, mache ich mich auf den Weg zu Moms ins *Dress 'n Veggies.*

Es fühlt sich einfach wunderbar an, wieder auf einem Brett mit vier Rollen unterwegs zu sein und zu spüren, wie der Asphalt unter den Sohlen rattert. Am liebsten würde ich Jonathan sofort eine Dankbarkeits-Nachricht schicken, aber dann habe ich plötzlich Annas mahnende Stimme im Ohr:

»Während des Autofahrens zu telefonieren oder Nachrichten zu verschicken, ist nicht ohne Grund verboten.«

»Ich fahre kein Auto«, murmele ich.

Trotzdem lasse ich das Smartphone stecken. Allerdings weniger aus Angst, dass ich mich auf die Nase legen oder jemanden über den Haufen fahren könnte, sondern vielmehr, weil ich befürchte, dass mir irgendein frecher Knabe das Skateboard einfach unter den Füßen wegzieht. Dennise gibt es schließlich überall.

Und dann produziere ich schließlich doch noch ein Missgeschick.

Der Bus ist nämlich zu früh dran. Er rauscht an mir vorbei

und ich muss ordentlich Stoff geben, um die Haltestelle noch rechtzeitig zu erreichen.

Der Bus blinkt, bremst und fährt rechts ran. Die Türen öffnen sich. Leute steigen ein und aus – und ich bin viel zu schnell unterwegs.

Uaaah! Wenn ich eine Massenkarambolage verhindern will, sollte ich vom Brett runter, und zwar dalli.

Ich lege eine Vollbremsung hin, springe in die Höhe und verpasse gleichzeitig dem Skateboard einen Tritt, damit es nicht einfach schnurgeradeaus mitten in die Leute hineinsaust, sondern hoffentlich in der Hecke gegenüber der Haltestelle stecken bleibt. So jedenfalls ist der Plan und Letzteres klappt auch ganz gut, aber nur weil ein junger Typ geistesgegenwärtig genug ist und einen eleganten Satz über das heranrollende Brett macht.

Unterdessen gerate ich ins Straucheln und rudere wie wild mit den Armen, um mich noch irgendwie auf den Beinen zu halten und nicht der Länge nach aufs Pflaster zu stürzen. Dabei verheddere ich mich mit meiner rechten Hand in den Riemen einer Umhängetasche, die über der Schulter einer älteren Dame baumelt. Die Dame schreit auf und lässt die Tasche los, was ziemlich schlau ist, weil sie sonst nämlich womöglich von mir umgerissen worden wäre.

Während ich mit der Tasche in der Hand weitertorkele, murmele ich eine Entschuldigung und schaffe es schließlich, mich abzufangen. Ich drehe mich um, und will der Dame ihre Tasche zurückgeben, da geht eine Schimpfkanonade aus dem Mund eines offenbar zu ihr gehörenden älteren Herrn auf mich nieder.

»Das sind ja wohl die allerletzten Methoden, einer hilflosen Rentnerin die Handtasche zu stehlen!«, trompetet er.

»A-aber ich w-wollte doch gar nicht …«, stammele ich.

»Das kann ja jeder behaupten!«, blafft er mich an, reißt mir die Tasche aus der Hand und reicht sie seiner Frau. »Bestell deinen Eltern einen schönen Gruß von mir und richte ihnen aus, dass sie von Glück sagen können, dass ich nicht auf der Stelle die Polizei rufe.«

»V-vielen Dank«, erwidere ich, sprinte zur Hecke, ergreife mein Skateboard und schaffe es, in buchstäblich letzter Sekunde in den Bus zu hechten, ehe die Türen sich schließen.

Unterwegs rufe ich in der Tierarztpraxis von Annas Eltern an. Es dauert eine Weile, bis jemand abnimmt, und dann ist es Frau Gerlach selber, die am Apparat ist.

»Oh, du bist das, Emely«, sagt sie. »Gut, dass du dich meldest. Anna hat mir erzählt, diese Frau Roemer hätte bestritten, dass das verunfallte Kätzchen ihr gehört.«

»Ja, keine Ahnung, warum sie das behauptet«, sprudele ich hervor. »Ihre Nachbarin meinte, dass ihre Katze dauernd Junge bekommt und Frau Roemer die Kleinen dann ersäuft.«

»Wie furchtbar«, erwidert Frau Gerlach. »Wenn man das beweisen könnte, wäre sie reif für eine Anzeige.«

»Nee, ich glaube nicht«, sage ich erschrocken.

Irgendwie hat Annas Mutter natürlich recht. Tierquälerei ist in Deutschland verboten. Bestimmt bekäme Frau Roemer eine saftige Geldstrafe oder müsste Sozialdienst im Tierheim ableisten. Womöglich würde man ihr sogar ihre Minka wegnehmen. Bei diesem Gedanken schnürt sich mir das Herz zusammen. Klar war Frau Roemer ziemlich harsch und unfreundlich. Aber dass sie an ihrer Katze hängt, habe ich schon gemerkt. Eigentlich kann ich es mir kaum vorstellen, dass sie Minkas Junge ertränkt oder ihnen womöglich noch Schlimmeres antut. Bestimmt ist das alles nur ein Missverständnis.

»Was passiert denn jetzt mit dem Kätzchen?«, erkundigt sich Susanne Gerlach.

»Oh … das darf ich behalten.«

»Hm, das ist ja schön«, gibt sie zurück. »Dann werden deine Eltern also die Rechnung bezahlen?«

»Ähm … das weiß ich nicht«, antworte ich zögernd. »Aber keine Sorge, Ihr Geld bekommen Sie auf jeden Fall … Früher oder später«, beeile ich mich hinzuzufügen.

»Heißt das, *du* willst die Operation, das Röntgen, die Medikamente und den Verband bezahlen?«

»Und die Zeit, die Sie dafür aufgewendet haben, natürlich auch«, bekräftige ich.

»Emely, das kommt überhaupt nicht infrage!«

»Ja, aber Sie können das doch nicht umsonst machen!«

Ich höre, wie Annas Mutter geräuschvoll ein- und ausatmet.

»Sprich mit deinen Eltern, ja …?«, sagt sie dann.

»Okay … äh, was kostet die Behandlung denn überhaupt?«

»Frau Roemer habe ich fünfundsiebzig Euro berechnet«, erwidert Frau Gerlach nach kurzem Zaudern.

Ach, du heilige Miss Hinkebein! Bis ich das Geld zusammenhabe, kann es eine Weile dauern. Es sei denn, Moms erlaubt mir, es von meinem Sparbuch zu nehmen.

»Okay«, sage ich noch einmal und versuche, möglichst zuversichtlich zu klingen. »Ich rede mit meiner Mutter.«

Pops würde mir die fünfundsiebzig Euro vielleicht sogar einfach so geben. Aber ihn frage ich ganz bestimmt nicht!

»Gut«, meint Annas Mutter. »Und noch etwas, Emely … Dieses Mädchen …«

»Marcie?«

»Ganz genau.«

»Sie war also bei Ihnen«, sage ich. »Da bin ich aber beruhigt.«

»Ich nicht so sehr«, erwidert Frau Gerlach ernst.

»Oh!«, stoße ich aus und mein Herz schlägt einen Takt schneller. »Ich hoffe, Sie konnten Mecki helfen.«

»Ja, sei beruhigt, das konnte ich. Der Biss war nicht groß. Ich habe ihn mit ein paar Stichen genäht und die Augenentzündung wird in ein paar Tagen ebenfalls überstanden sein. Vorausgesetzt, dieses Kind, beziehungsweise seine Mutter, verabreicht ihm die Salbe regelmäßig. Sehr viel mehr Gedanken mache ich mir, ehrlich gesagt, um die Kleine«, fährt Annas Mutter in sorgenvollem Tonfall fort. »Marcie ist doch noch viel zu jung, um alleine mit einem kranken Hund durch die Gegend zu ziehen. Ihre Eltern scheinen sich ja kaum um sie zu kümmern und …«

»Sie hat einen großen Bruder«, falle ich ihr hastig ins Wort. »Er heißt Dennis. Mein Kumpel Jonathan kennt ihn aus der Schule. Marcies Mutter arbeitet den ganzen Tag.«

Susanne Gerlach seufzt.

»Das hat die Kleine mir auch erzählt. Ihren Vater scheint sie nicht zu kennen und ihren Nachnamen wollte sie mir nicht verraten. Wenn du es nicht gewesen wärst, die sie zu mir geschickt hat, hätte ich die Polizei gerufen. Oder das Jugendamt.

Eigentlich denke ich noch immer, dass genau das eigentlich meine Pflicht gewesen wäre. Stattdessen habe ich Marcie und ihren Hund einfach wieder gehen lassen.«

»Ich werde Jonathan bitten, mit Dennis zu reden«, verspreche ich, weil ich nicht weiß, was ich sonst sagen soll.

Ich glaube kaum, dass Jona tatsächlich mit Dennis sprechen will, ich möchte jedoch auch nicht, dass Annas Mutter sich meinetwegen Vorwürfe macht. Abgesehen davon weiß ich ja selber nicht, was richtig ist. Vielleicht wäre es eine Hilfe für Marcie, wenn sich das Jugendamt einschaltet, vielleicht würde dadurch aber auch alles nur noch schlimmer werden. Möglicherweise wissen die Behörden auch längst über alles Bescheid, weil Dennis heute Morgen doch von der Polizei geschnappt worden ist.

»Irgendjemand wird Meckis Behandlung schon bezahlen«, sage ich frustriert. »Notfalls übernehme ich das auch«. Das hatte ich ja sowieso schon versprochen.

»Um das Geld geht es mir gar nicht so sehr«, erwidert Frau Gerlach. »Für die kleine Marcie und ihren Hund habe ich das wirklich gern getan und dafür nehme ich auch kein Geld.«

»Wirklich?«, jubele ich. Wie gerne würde ich jetzt durch mein Handy springen und Annas Mutter um den Hals fallen. »Das ist total nett von Ihnen!«

»Es war ja auch nett von dir, dich um das Kätzchen und den Hund zu kümmern«, meint Frau Gerlach und für einen Augenblick klingt sie sehr sanft, doch schon mit dem nächsten Atemzug nimmt ihre Stimme einen äußerst strengen Tonfall an. »Allerdings kann ich nicht jedes kranke oder verletzte Tier umsonst behandeln. Für solche Fälle gibt es Notdienste.

Anna wird dir eine entsprechende Telefonnummer geben. Beim nächsten Mal rufst du dann bitte dort an.«

»Na gut«, sage ich kleinlaut. »Mach ich. Und vielen Dank noch mal.«

Danach verabschiede ich mich mit einem dicken Kloß im Hals. Und erst als die Verbindung unterbrochen ist, fällt mir ein, dass ich Frau Gerlach eigentlich noch nach einem Schmerzmittel für die kleine Miss Hinkebein hatte fragen wollen. Sie extra deswegen gleich noch einmal anzurufen, wage ich allerdings nicht.

Am frühen Nachmittag ist im *Dress ’n Veggies* selten großer Andrang und so ist es auch heute. Moms berät gerade eine Kundin, die sich nicht zwischen einem klassischen grauen Blazer und einem weinrot schimmernden Seidenjackett entscheiden kann.

Sie winkt mir kurz zu und bedeutet mir, schon mal in den Bistroteil ihres Ladens hinüberzugehen. An der Kasse steht Gunter, einer von Moms Angestellten, und faltet Pullis.

»Hallöchen, Emely«, begrüßt er mich und wirft mir ein Luftküsschen zu. »Schön, dich zu sehen! Dein Bruder ist übrigens schon da und futtert Kichererbsenlasagne.«

Na toll!, denke ich, lächle aber trotzdem.

Es muss ja nicht unbedingt jeder wissen, dass Teo und ich miteinander auf Dauerkriegsfuß stehen. Schon gar nicht Gunter.

Von allen, die für Moms arbeiten, mag ich ihn am liebsten. Gunter ist hilfsbereit ohne Ende und er sieht mit den neongelb gefärbten Strubbelhaaren, seinen Piercings und vielen kleinen Ohrringen so richtig schön exotisch aus. Außerdem trägt er immer schräge Klamotten. Heute ist es eine Bikerjacke aus silbernem Glitzerstoff zu einer grünen Haremshose, was sich ziemlich gut macht als Kontrast zu Moms' in nüchternem Weiß mit schlichten, dunklen Holzmöbeln gehaltener Einrichtung.

»Cool«, sage ich und zupfe an seinem Jackenärmel.

»Hat mir deine Mutter geschenkt«, raunt er und zwinkert mir verschwörerisch zu. »Sie hing über ein halbes Jahr am Ständer und keiner wollte sie kaufen.«

»Sie passt perfekt zu dir«, sage ich, gebe einer der Schaufensterpuppen, die im Laden verteilt stehen, fünf und schwinge die Saloontür auf, die das *Dress* vom *Veggies* trennt.

Teo hockt am runden Tisch ganz hinten am großen Fenster, und er ist nicht allein.

»Hey, Em, setz dich!«, ruft Rosie, die rundliche farbige Köchin, mir über den Tresen zu. »Deine Lasagne ist schon unterwegs.«

Ich nicke und laufe weiter auf den großen Tisch zu.

Keine Ahnung, ob ich überhaupt einen Bissen runterkriege. Der Kloß in meinem Hals hat sich mittlerweile zwar verflüchtigt, das Gespräch mit Annas Mutter liegt mir allerdings noch immer ziemlich im Magen. Außerdem verheißt die kleine Versammlung dort am Tisch nicht unbedingt etwas Gutes.

Pops ist der Erste, der seine Hand nach mir ausstreckt.

»Hallo, Prinzessin, komm her zu mir!«

»Hi, Pops«, sage ich, weiche seinem Griff geschickt aus und pflanze mich auf den freien Stuhl neben Opa Berlin. »Was macht ihr denn alle hier? Soll das etwa so was wie ein Abschiedsessen werden?«

»Quatsch«, brummt Teo.

Er sieht nicht einmal auf, sondern schaufelt ungerührt seine Lasagne in sich hinein.

»Ein paar Dinge zu besprechen gibt es allerdings schon.« Oma Berlin schenkt mir ein warmes Lächeln. In ihren braunen Augen funkelt es ein wenig spitzbübisch, ihre grauen Locken sitzen allerdings perfekt und sie trägt auch kein sonnengelbes Seidentuch, sondern eine schlichte Karobluse. »Ich möchte jedem von euch ein kleines Geschenk machen«, sagt sie. »Außerdem haben sich meine Reisepläne geändert«, fügt sie beinahe feierlich an, während sie sachte Opa Berlins Hand tätschelt.

»Lass mich raten!«, ruft Teo. »Ihr verkauft den Schrebergarten und Opa fährt mit. Vielleicht wandert ihr sogar aus. Würde ich jedenfalls machen. Nach Australien oder besser noch nach Texas«, setzt er mit einem zufriedenen Grunzen hinzu und schiebt sich eine weitere Lasagneladung in den Mund.

Opa Berlin winkt ab. »Nein, nein, mein Junge, das ist nichts für mich. Ich bleibe daheim.«

»Und ich fahre erst einmal woandershin«, verkündet meine Großmutter.

Pops schüttelt lachend den Kopf. »Hab ich es doch gewusst!«

Nicht nur du, denke ich grummelnd. Moms kennt Oma Berlin nämlich mindestens ebenso gut.

»Und was willst du uns schenken?«, fragt Teo.

Klar, dass ihn das ganz besonders interessiert!

Ich mache mir ja nicht so viel aus Dingen. Und auch nicht

aus Geld. Ein bisschen neugierig bin ich jetzt allerdings schon. Schließlich passiert es nicht alle Tage, dass jemand aus der Familie im Lotto gewinnt.

»Das erzähle ich euch gleich, sobald deine Mutter sich zu uns gesetzt hat«, erwidert Oma Berlin. Sie reckt ihren Kopf in Richtung Saloontür und wieder lächelt sie. »Ah, da ist sie ja schon!«

»Gunter kommt jetzt sicher mal für eine halbe Stunde ohne mich zurecht«, sagt Moms. »Du musst dann allerdings nachher alleine zum Optiker, Emely. Rafaela hat sich krankgemeldet und Gunter hat später noch einen Termin, den er nicht absagen kann.«

Sie nimmt die beiden Auflaufformen, die Rosie auf den Tresen gestellt hat, und bringt sie mit an den Tisch.

»Einmal für dich, Süße«, meint sie und stellt eine Form vor mich hin. »Und einmal für mich. Rosie bringt gleich noch etwas zu trinken. Wir haben eine ganz wunderbare selbst gemachte Rhabarber-Limonade. Die müsst ihr unbedingt probieren«, erzählt sie, während sie den letzten freien Platz zwischen meinem Vater und meinem Bruder ansteuert.

»Ich habe Zeit«, bietet Pops mir an. »Ich kann dich begleiten und dir beim Aussuchen eines schicken Gestells helfen.«

»Vielen Dank«, gebe ich zurück. »Genau das will ich nämlich nicht.«

Oma Berlin hebt die Augenbrauen und Moms und mein Großvater tauschen einen vielsagenden Blick.

»Aha«, sagt Pops. »Wie darf ich denn das verstehen?«

»Dass ich keinen Wert auf ein schickes Gestell lege«, erwidere ich. »Ich brauche etwas ganz Einfaches. Jonathan kommt mit. Der weiß sowieso am besten, was mir gefällt.«

»Na gut.« Mein Vater legt sein Besteck beiseite, faltet seine Serviette zusammen und wischt sich die Mundwinkel aus. »Ich möchte mich auf keinen Fall aufdrängen, Prinzessin. Ich hätte dir unterwegs nur gerne erzählt, warum ich ausgerechnet an die Nordsee ziehe.«

Teo schaut ihn empört an. »Und mir wohl nicht, was?«

»Hab ich doch längst«, entgegnet Pops grinsend. »Gestern Nachmittag … Du erinnerst dich?«

»Ach so, das.« Teo nickt und widmet sich wieder seiner Lasagne. »Alles klar.«

Ich starre meinen Bruder an. Und dann meinen Vater. In meinem Bauch explodiert eine Wutbombe nach der anderen.

»Ja, wenn das so ist …« Ich schnelle von meinem Stuhl hoch, schnappe mir die Auflaufform mit meiner Lasagne und stelle sie Teo vor die Nase. »Guten Hunger wünsch ich. Mir ist der Appetit inzwischen komplett vergangen. Und deshalb gehe ich jetzt.«

»Aber Schätzchen, nun warte doch mal« Oma Berlin hält mich am Handgelenk zurück. »Ich habe dir ja deinen Umschlag noch gar nicht gegeben.«

Sie lässt mich los und öffnet ihre Handtasche, nimmt zwei weiße Kuverts heraus und reicht den einen Teo und den anderen mir.

»Beide enthalten selbstverständlich exakt das Gleiche«, betont sie mit einem Seitenblick auf meinen Vater.

»Und wenn ich ihn gar nicht will?«, brumme ich.

»Kein Problem, dann gebe ich ihn eben Becca zur Aufbewahrung«, erwidert meine Großmutter. »Früher oder später wirst du ihn öffnen. Da bin ich mir ziemlich sicher.«

Ich kreuze die Arme vor der Brust und schiebe kampflustig die Unterlippe vor.

»Wisst ihr was? Mir geht euer blödes Friede, Freude, Eierkuchen ganz schön auf den Geist«, mache ich meinem Unmut Luft.

»Jawoll«, sagt Opa Berlin und zwinkert mir zu. »Ich hätte auch lieber eine Bratwurst. Aber manchmal kann man sich das leider nicht aussuchen, sondern muss nehmen, was auf der Karte steht.«

»Trotzdem sind wir noch immer eine Familie«, erwidert meine Oma.

»Ich finde nicht, dass das Leben eine Speisekarte ist«, entgegne ich. »Und ich denke gar nicht daran, immer alles zu essen, was auf den Tisch kommt.«

Ich erhasche noch den resignierten Blick meiner Mutter, dann drehe ich mich um und marschiere auf die Saloontür zu.

»Falls es übrigens irgendjemanden interessiert: Ich habe meine Weltreise vorerst zugunsten eines dreimonatigen Aufenthalts an der Nordsee verschoben«, schnappe ich gerade noch die Worte von Oma Berlin auf, kurz bevor ich ins *Dress* hinübertrete. Oh Mann! Was würde ich darum geben, jetzt Pops' Gesicht sehen zu können!

Vergiss es! Du hast dich anders entschieden, Em, sage ich mir. Also, nix anmerken lassen und Abmarsch zum Skateplatz!

Zu meiner Verwunderung ist Jonathan nicht da.

Okay, wir waren nicht verabredet. Jedenfalls nicht hier und

auch nicht um diese Zeit, sondern wollten uns um halb fünf direkt vor dem Optiker treffen.

Jetzt ist es kurz nach halb vier und ich hätte meinen Kopf darauf verwettet, ihn auf dem Skateplatz anzutreffen, um den Endo, den Front-Hops und den Rockwalk zu üben. Alle drei Figuren sind Grundlagen, die er aus dem Effeff beherrschen sollte, damit er gut gerüstet in den Wettkampf starten kann.

Jonathan ist durchaus ehrgeizig, aber manchmal etwas übungsfaul. Wahrscheinlich denkt er, eine halbe Stunde pro Tag würde genügen. Nun gut! Vielleicht taucht er ja doch noch auf. Ohnehin muss ich irgendwie die Zeit totschlagen und da ist es auf jeden Fall besser, ich warte hier als vor dem Optiker.

Immerhin kann ich so die Gelegenheit nutzen, um den Powerslide zu trainieren. Wenn man ihn perfekt beherrscht, ist er eine sehr viel coolere und vor allem effektivere Methode, auszuweichen oder zum Stehen zu kommen, als ich sie sonst anwende. Eigentlich lassen nur Anfänger zum Bremsen den Fuß über den Boden schleifen, und dazu gehöre ich definitiv nicht mehr. Das Dumme ist nur, dass mir diese Methode bereits so sehr in Fleisch und Blut übergegangen ist, dass es mir ziemlich schwerfällt, sie mir wieder abzugewöhnen.

Die meisten anderen Skater und Biker tummeln sich auf der Halfpipe, den Rampen und auf den Buckelpisten, ich habe also ausreichend Platz auf ebener Fläche. Mit ein paar Steinen und Zweigen, die ich am Rande der angrenzenden Grünanlage finde, lege ich mir einen Parcours.

Ich rolle mit mittlerer Geschwindigkeit an. Zwei Meter vor

dem ersten Zweig nehme ich das Gewicht von den vorderen Rollen und leite die Bewegung eines Kickturns ein. Dabei hebe ich die Rollen aber nicht ab, sondern lasse sie vorwärts über den Boden rutschen und das Brett gleichzeitig seitwärts gleiten, was nur mit der richtigen Kombination aus Kraft, Körperhaltung und Balance funktioniert. Sobald ich langsamer werde, drehe ich das Brett wieder in die ursprüngliche Richtung zurück, umfahre den Zweig und halte nun mit etwas mehr Tempo auf das nächste Hindernis zu.

Diesmal klappt es noch besser.

»Bravo, Em!«, höre ich Jonathan hinter mir rufen, als ich gerade wieder Stoff geben will.

Ich leite den Slide direkt ein, beschreibe eine lang gezogene dreihundertsechzig-Grad-Kurve und rolle auf meinen Kumpel zu, der außerhalb des Skateparks auf dem Bürgersteig steht und applaudiert.

»Wo ist dein Rad?«, frage ich.

»Zu Hause.«

»Wieso denn? Ich dachte, du musst üben.«

Jona zuckt mit den Schultern.

»Müsste ich auch«, erwidert er. »Leider ist die Kette hinüber.«

»Ach, echt?«, wundere ich mich. »Warum hast du mir das denn nicht gestern schon erzählt?«

Jonathan kratzt sich an der Stirn. »Hab ich das nicht?«

»Nein«, sage ich. »Hast du nicht.«

Ebenso wenig wie seine Mutter übrigens. Aber die hat es vielleicht auch nicht gewusst. Na egal. Es ist zumindest eine plausible Erklärung.

Wir laufen die Luisenstraße entlang, an dem Mehrfamilienhaus vorbei, in dem auch Oma und Opa Berlin wohnen, und erreichen *Optik Lohnsen* in weniger als zehn Minuten. Und bereits eine Viertelstunde später habe ich das passende Brillengestell gefunden: rund, rahmenlos, unkompliziert und nahezu unauffällig.

»Perfekt«, findet Jonathan.

Die Optikerin Frau Lohnsen ist anderer Meinung. Rund, aber bunt, wäre ihr Motto für mich gewesen. Doch nachdem ich ihr zuliebe ein blaues, ein grünes und ein rotes Gestell ausprobiert und sofort abgewunken habe, hat sie schließlich aufgegeben.

Jetzt muss ich nur noch an die Lupenmaschine, damit die optimale Gläserstärke für mich gefunden werden kann.

»Minus eins links und minus eins Komma zwo fünf rechts«, diagnostiziert die Optikerin und bestätigt damit das Untersuchungsergebnis des Schularztes. »Alles halb so wild.«

»Ich weiß«, sage ich. »Eigentlich brauche ich gar keine Brille.«

»Na ja.« Frau Lohnsen wiegt ihren Kopf hin und her. »Ganz so würde ich das nicht sehen.«

Ha! Was soll eine Optikerin auch anderes sagen!

»Das Gestell, das du bekommst, ist ja auch fast keine Brille«, meint Jonathan, als wir uns wieder draußen auf dem Bürgersteig befinden.

»Stimmt«, sage ich. »Und weißt du was? Darauf gebe ich dir ein Eis aus.«

»Du schuldest mir sowieso noch eins«, entgegnet Jona, doch leider hat meine Erinnerung ein Loch.

»Hä? Wofür?«

»Dafür, dass du die Trennung deiner Eltern überlebt hast.«

»Das kann man doch jetzt noch gar nicht wissen«, brumme ich und schlagartig kehrt meine schlechte Laune zurück.

Das Slide-Training und der Besuch beim Optiker hatten meine Familienprobleme erfolgreich in den Hintergrund gedrängt. Durch Jonathans Bemerkung ist alles wieder da.

»Tut mir leid«, sagt er zerknirscht, als ich mich ein wenig knurrig dafür bedanke. »Dann spendiere ich dir eben ein Eis. Und du schüttest mir nach allen Regeln der Kunst dein Herz aus.«

Eine gute Dreiviertelstunde und einen *Schoko-Himbeer-Traum* mit Sahne und gerösteten Mandeln später befinde ich mich wieder auf dem aufsteigenden Ast.

Jonathan ist wirklich der beste Zuhörer unter der Sonne. Er redet nicht dazwischen, belächelt mich nicht und gibt auch keine dummen Sprüche ab.

»Ich weiß, wie scheiße sich das anfühlt«, sagt er. »Aber da musst du durch, Em. Wohl oder übel. Ich glaube, es ist leichter, wenn du deinem Vater verzeihst. Er trennt sich ja nicht deinetwegen von deiner Mutter und tut dir bestimmt nicht absichtlich weh. Außerdem kommen deine Eltern noch miteinander klar, was überhaupt nicht selbstverständlich ist. Und dass deine Oma deinem Vater eine Weile auf den Füßen stehen will, ist doch lustig. Oder?«

»Ja«, sage ich, sehe in seine schmalen, hellen Augen, die so viel Fröhlichkeit und Zuversicht ausstrahlen, und mit einem Mal muss ich grinsen. »Du hast recht. Wahrscheinlich werden wir meine Beerdigung noch eine Weile hinausschieben müssen.«

»Gut.« Jona klopft mir auf die Schulter. »Notfalls hast du ja noch mich … Und Anna. Die ist übrigens gar nicht mal so übel.«

»Hab ich das behauptet?«

»Nein. Aber es ist ja kein Geheimnis, dass sie immer ein bisschen eifersüchtig auf mich gewesen ist. Warum auch immer«, meint Jona. »Schließlich bin ich keine Konkurrenz.«

»Doch, das bist du schon«, widerspreche ich. »Ich kann nämlich mit dir über sie reden, aber nicht mit ihr über dich.«

»Über mich gibt es ja auch nichts zu reden«, erwidert Jonathan augenzwinkernd. »Na ja, jedenfalls habe ich sie vorhin angerufen.«

Wie bitte?

»Wieso denn das?«

»Das soll lieber sie dir erzählen«, erwidert Jona geheimnisvoll. »Ich weiß nämlich nicht, wie sie sich entschieden hat.«

Na toll! Dass ausgerechnet meine besten Freunde hinter meinem Rücken miteinander mauscheln, hat mir gerade noch gefehlt! Aber okay, ich wollte ja, dass die beiden miteinander auskommen. Insofern werde ich jetzt den Teufel tun und mich darüber beklagen.

Ich kratze die Minipfütze aus geschmolzenem Resteis aus der Schale, lecke den Löffel ab und seufze ausgiebig, als plötzlich ein Schatten über unseren Tisch fällt.

»Entschuldigung, bist du nicht das Mädchen, das Frau Roemers Kätzchen gerettet hat?«, fragt eine Stimme, die mir zwar bekannt vorkommt, ich aber nicht gleich einordnen kann.

Irritiert blicke ich auf.

Vor uns steht die Frau aus dem Nachbarhaus von Frau Roemer.

»Ja«, sage ich. »Warum?«

»Ach, weißt du, ich bin gerade hier vorbeigekommen und habe dich gesehen … und da dachte ich …« Sie wedelt ein wenig unschlüssig mit der Hand. »Na ja, also, heute Vormittag habe ich Frau Roemer getroffen. Sie war … nun ja, ziemlich aufgedreht … und sie erzählte mir, dass sie eins ihrer Katzenjungen an ein Mädchen verschenkt hätte und dass das Kleine bestimmt sehr gut bei ihm aufgehoben wäre.«

Ich schüttele den Kopf.

»Das verstehe ich nicht«, sage ich. »Und das stimmt auch nicht. In Wahrheit war sie total unfreundlich zu mir. Sie hat gesagt, das Kätzchen sei nicht von ihr und dass ich verschwinden soll.«

»Hmhm.« Die Frau schürzt die Lippen. »Was hast du denn mit ihr gemacht?«, erkundigt sie sich. »Ich meine, mit der kleinen Katze.«

»Ich war mit ihr bei einer Tierärztin, die sie geröntgt und operiert hat«, erzähle ich. »Jetzt ist sie bei mir zu Hause.«

»Dann wirst du sie also behalten?«

»Ja, klar.«

»Gut.« Die Miene der Frau hellt sich auf. »Das würde ich Frau Roemer gerne erzählen … wenn du nichts dagegen hast.«

»Nö.« Ich schüttele den Kopf. »Wenn Sie glauben, dass es sie interessiert.«

»Ja, inzwischen glaube ich das allerdings«, entgegnet sie. »Weißt du, vor drei Jahren hat Frau Roemer ihren Mann verloren. Sie hat nur eine kleine Witwenrente zur Verfügung. Wahrscheinlich kann sie gerade eben das Futter für ihre Minka bezahlen. Eine Sterilisation ist da natürlich nicht drin. Ich habe sogar schon darüber nachgedacht, ihr das Geld dafür zuzustecken. Aber wie ich Frau Roemer einschätze, wäre sie viel zu stolz, das anzunehmen. Bestimmt würde sie mich genauso fortjagen, wie sie es mit dir getan hat.« Die Frau guckt kurz weg und sieht mich dann unschlüssig wieder an. »Ach, warum erzähle ich dir das überhaupt? Das Wichtigste ist doch, dass es dem Kätzchen gut geht, nicht wahr?«

Frau Roemers Nachbarin nickt mir noch einmal kurz zu, dann wendet sie sich ab und läuft ebenso unvermittelt weiter, wie sie aufgetaucht war.

»Wieso schaffen Leute sich Tiere an, wenn sie kein Geld haben, um sie richtig versorgen zu können?«, sagt Jonathan kopfschüttelnd.

»Weil sie sie schon hatten, bevor sie in Not geraten sind«, brumme ich. »So, wie Frau Roemer!«

»Ich denke auch eher an Dennis und seine Schwester«, erwidert er.

»Marcie hat außer Mecki niemanden«, sage ich eindringlich. »Der Hund ist wie ein Bruder für sie … eine Mutter … ein Freund.«

Jona zieht eine Grimasse. »Ja, wahrscheinlich hast du recht.«

»Hab ich. Verlass dich drauf«, bekräftige ich und dann erzähle ich ihm, was Annas Mutter dazu gesagt hat.

»Meine ist übrigens der gleichen Ansicht«, gibt Jonathan zurück. »Auch sie war damals drauf und dran, beim Jugendamt anzurufen, damit sich jemand um Dennis kümmert und er nicht auf die schiefe Bahn gerät. Sie hat es dann aber doch nicht getan.«

»Du kennst ihn, du könntest mit ihm sprechen«, rede ich ihm zu, doch Jonathan wehrt sofort ab.

»Was soll das denn bringen? Du hast doch mitgekriegt, was er von mir hält. Auf einen Feigling hört er garantiert nicht.«

»Du bist aber kein Feigling«, sage ich.

Ohnehin müsste jeder sich eigentlich mehr für seine Mitmenschen interessieren und nicht immer gleich weggucken, wenn es schwierig wird. Okay, ich habe das auch oft getan. Aber damit ist jetzt Schluss.

Natürlich kann ich nicht alles und jeden im Blick haben, aber zumindest ist mir klar geworden, bei wem ich damit anfangen will: nämlich bei den Leuten, die nicht genug Geld haben, um ihre tierischen Freunde im Notfall medizinisch versorgen zu lassen.

Und ich weiß auch schon ziemlich genau, wie ich das anstellen werde!

Blog mit Aufruf

In den folgenden zwei Wochen verbringen Anna und ich nahezu jede freie Minute mit der Erstellung unseres Blogs. Für Jonathan bleibt wenig Zeit, und auch um Pops' Umzug an die Nordsee mache ich mir kaum Gedanken. So ungern ich es zugebe, aber Moms hatte recht: Im Grunde hat sich kaum etwas verändert. Erst jetzt, wo ich weiß, dass er nicht mehr bei uns wohnt, ist mir bewusst geworden, wie selten er in letzter Zeit zu Hause gewesen ist. Tja, und da Oma Berlin ihm frühestens in einem Monat hinterherreisen will, ist im Augenblick auch pfannekuchentechnisch noch alles im grünen Bereich.

»Hat er sich eigentlich richtig verabschiedet?«, erkundigt sich Anna.

Wir hocken zusammen im Bastelzimmer vor Moms' Notebook und meine Freundin ist damit beschäftigt, ein neues Spitzenmuster für eine brombeerviolettfarbene Häkelmütze auszuprobieren.

»Nö«, sage ich. »Finde ich aber auch besser.« Ich drapiere das schwarze Teo-Shirt mit den Sicherheitsnadeln und meine Nietenkappe dekorativ zusammen und fotografiere das Ganze mit meinem Smartphone. »Ein Abschied wäre irgendwie so endgültig.«

»Aber er ist doch auch endgültig ausgezogen«, entgegnet Anna.

»Also erstens kann man das nie wissen«, brumme ich. »Und zweitens solltest du mir bitte endlich mal verraten, was Jona und du letztens am Telefon zu bequatschen hattet.«

»Wieso denn ich?«, erwidert sie schulterzuckend. »Schließlich hat *er mich* angerufen.«

»Ja, aber er findet, dass du es mir sagen solltest«, gebe ich ungeduldig zurück. »Weil du eine Entscheidung triffst.«

»Pfff«, macht Anna daraufhin nur und ribbelt das ganze Stück, das sie gerade gehäkelt hat, wieder auf.

»Was soll denn das?«, frage ich entrüstet. »Das sah doch gut aus.«

Meine Freundin schüttelt den Kopf. »Die Maschen waren zu locker.«

»Und?«, bohre ich weiter. »Hast du dich inzwischen entschieden?«

»Vielleicht«, meint Anna. Sie sieht mich kurz an und grinst. »Vielleicht aber auch nicht.«

»Du bist eine dumme Nuss, du Haselnuss«, grummle ich.

»Und du wirst es schon noch früh genug erfahren.« Meine Freundin grinst jetzt von einem Ohr zum anderen. »Falls es dich überhaupt etwas angeht.«

»Weißt du was: Du kannst mich mal«, sage ich und stelle das eben geschossene Foto in den Blog ein. »Dass das hier funktioniert, ist sowieso viel wichtiger.«

»Frau Schnacke ist jedenfalls total begeistert«, erwidert Anna, während sie eine neue Reihe brombeervioletter Luftmaschen aufnimmt.

»Nicht nur die«, gebe ich zurück.

Seit vier Tagen ist unser Blog im Netz und findet bereits großen Anklang.

How to make a hat for your head haben wir ihn genannt und beim Einrichten hat uns sogar Annas Schwester Sarah geholfen, die zufälligerweise jemanden kennt (vermutlich handelt es sich dabei um ihren aktuellen Schwarm), der so etwas schon mal gemacht hat und darüber hinaus das Ganze auch noch so programmiert, dass wir bei den wichtigsten Suchmaschinen gleich auf der ersten Seite erscheinen, wenn man dort als Stichwort Mütze, Hut oder Selbstgemachtes eingibt.

Wir haben Fotos und Anleitungen und sogar ein Video eingestellt, das zeigt, wie ich eine Filzmütze nähe und mit bunten Bändern verziere. Die Resonanz hat uns total umgehauen. Innerhalb von 24 Stunden hatten wir 62 positive Kommentare. Einige haben uns auf Facebook verlinkt und dort gab es ebenfalls viele Likes. Inzwischen können wir die Kommentare schon gar nicht mehr zählen und wir kommen kaum noch nach, all die Fragen zu beantworten.

»Wir müssen die Anleitungen genauer formulieren«, schlägt Anna vor, womit ich sofort einverstanden bin. Das ist zwar anstrengend, am Ende aber wohl weniger lästig, als immer wieder einzelne Details nachträglich erklären zu müssen.

»Zunächst müssen wir uns vor allem auf unseren Aufruf konzentrieren«, sage ich. »Uns bleiben nämlich nur noch acht Tage.«

»Das ist allerdings verdammt knapp«, stimmt Anna mir zu. »Hast du schon gecheckt, wie viele von den Mädchen überhaupt im näheren Umkreis wohnen?«

»Jep. Es sind genau neununddreißig. Wenn alle mitmachen, hätten wir einundvierzig Mützen.«

»Mindestens«, betont Anna. »Ich mache auf jeden Fall drei. Schließlich müssen wir mit gutem Beispiel vorangehen.«

»Klar«, murmele ich, schlinge meine Arme um ihren Hals und drücke ihr einen oberfetten Schmatzer auf die Wange. »Ich kann dir gar nicht sagen, wie happy ich bin, dass du mitmachst.«

»Na logisch.« Anna schüttelt den Kopf. »Schließlich will ich, dass meine Mutter ihr Geld bekommt.«

»Das hätte sie doch sowieso«, sage ich.

Außerdem hat Moms (oder Pops, genau weiß ich das nicht) die Behandlung von Miss Hinkebein längst bezahlt. Mittlerweile sind wir sogar schon zweimal ganz offiziell in der Praxis Gerlach gewesen. Beide Male hat Missie H. (das H englisch ausgesprochen), wie die kleine Mieze seit ein paar Tagen nun definitiv heißt, einen neuen Gipsverband und ein heilungsförderndes Medikament bekommen. Beim nächsten Termin wird sie den Verband wohl endgültig los sein. Für mein Gefühl wird das auch höchste Zeit. Missie H. ist putzmunter. Wenn sie nicht schläft, Katzenmilch trinkt oder frisst, fetzt sie durch die Bude, kämpft mit Hulk (der Artikel wurde teoseits abgeschafft) oder nagt an dem blauen Strumpf, der den Gipsverband umhüllt.

Natürlich sollen Annas Mutter auch die Behandlungskosten für Mecki erstattet werden. Schließlich habe ich das versprochen, obwohl ich vor zwei Wochen noch keine Ahnung hatte, wie ich das bewerkstelligen sollte. Doch dann bin ich durch das Gespräch mit Frau Roemers Nachbarin zum Glück auf die ultimativ allerbeste Idee gekommen, die ich je hatte. Und genau die setzen Anna und ich gerade in die Tat um.

»Die Aktion braucht einen Namen«, sagt meine Freundin jetzt.

»Ja.« Mit aufgestützten Ellenbogen starre ich auf den Bildschirm des Notebooks und tippe mir grübelnd mit dem Zeigefinger gegen die Nasenspitze. »Hmmm … Irgendwas mit Hut wäre gut. Das würde dann auch zum Blog-Namen passen.«

»Dann nimm doch was mit Mütze«, schlägt Anna vor.

»Also Cap oder Käppi«, überlege ich weiter.

»Nee, Mütze«, beharrt Anna und zeigt auf ihre Häkelarbeit. »Schließlich heißen die Dinger so. Auch auf unserem Blog. Und die *Mädels* sollen doch *Mützen* machen«, versucht sie mir auf die Sprünge zu helfen.

»Puh!«, mache ich. »Mädels und Mützen … MM … Hund und Katze …«

»Oder Mieze«, kommt es von meiner Freundin.

»Na klar! Na logisch!«, rufe ich und schlage mir mit der Hand gegen die Stirn. »M und M. Mütze und Mieze.«

»Quatsch!«, widerspricht Anna. »Mützen für Menschen.«

»Genau«, sage ich. »Mützen für Miezenmenschen. Für Nachbarn ohne Geld … für Nachbars Mieze.« Ich springe auf und hüpfe durch den Raum. »Juhu, das ist es!«

»Mann, setz dich wieder hin«, stöhnt Anna.

»Reg dich ab«, entgegne ich und hüpfe lustig weiter. »Wir sind hier nicht in der U-Bahn, sondern bei mir zu Hause. Niemand sieht, wie peinlich ich dir bin.«

Just in diesem Moment schwingt die Tür auf und – Pops! – steht auf der Schwelle.

Klick-Klick-Klick-Klick-Klick!, macht es. Der Blitz leuchtet auf und schneller, als ich »Was fällt dir ein, du … du …?« rufen kann, sind mindestens zehn Bilder von mir im Kasten.

»Du was?«, fragt Pops und nimmt die Kamera herunter.

»Du weißt schon«, knurre ich.

Mein Vater lacht nur und drückt auf den Wiedergabeknopf.

»Ich weiß gar nicht, was du hast, Prinzessin. Die sind ziemlich gut geworden.«

Er winkt mich zu sich heran, ich folge dieser Aufforderung aber nur zögernd. Pops soll bloß nicht denken, er könne machen, was er will. Und erst recht nicht, dass alles wieder okay ist. Nee, nee. Ganz so leicht will ich es ihm nicht machen.

Leider sind die Fotos nicht nur ziemlich gut, sondern ziemlich super geworden. Das findet selbst Anna.

Ich knuffe sie gegen die Schulter. »Und du sagst, ich wäre peinlich.«

»Auf den Bildern sieht man ja auch nicht, wie du rumhüpfst. Du guckst einfach total fröhlich.«

»Eben«, sagt Pops. »Solche Fotos wären doch perfekt für euren Blog.«

»Woher weißt du davon?«, wundere ich mich.

Ich habe ihm nämlich nichts davon erzählt. Wie auch? Ich habe ihn in den letzten Tagen ja so gut wie gar nicht zu Gesicht bekommen.

»Von deiner Mutter natürlich«, erwidert Pops.

»Über solche Dinge redet ihr noch?«

»Selbstverständlich tun wir das«, gibt mein Vater kopfschüttelnd zurück. »Wir reden über all das, worüber wir uns schon immer unterhalten haben.« Er legt die Kamera zur Seite und schaut mich eindringlich an. »Emely, deine Mutter und ich, wir sind nicht zerstritten. Wir trennen uns, weil wir verhindern wollen, dass genau das passiert.«

Na toll, denke ich. Das soll mal einer verstehen!

»Ich glaube, ich fahr jetzt besser nach Hause«, sagt Anna und greift nach ihrem ozeanblauen Zip-Hoodie.

»Nein, nein, bleib ruhig«, hält Pops sie zurück. »Ich wollte euch nicht stören. Ich dachte bloß, dass es nett wäre, ein paar professionelle Fotos für euren Blog zu machen.«

Anna und ich sehen uns an.

Sie nickt kaum merklich und eigentlich will ich dieses einmalige Angebot auch nicht unbedingt ablehnen. Und deshalb nicke ich ebenfalls.

»Also gut, aber nur, wenn es nicht allzu lange dauert.«

Am Ende geht die Fotosession über eine Stunde und macht irre viel Spaß. Pops fotografiert Anna und mich mit verschiedenen Mützen. Einzeln und zusammen, Arm in Arm, beim Nähen, Häkeln und Sticken. Er macht Bilder vom Teo-Shirt und anderen aufgepeppten oder originell geflickten Klamotten, und lichtet einzelne Arbeitsschritte ab, sodass wir es jetzt mit den Anleitungen leichter haben, denn mit einem entsprechenden Foto dazu lässt sich alles gleich sehr viel besser erklären. Zum Schluss holen wir noch Hulk und Missie H. dazu.

Mein Vater findet nämlich, dass Tiere Türöffner sind, weil die meisten Menschen Hunde und Katzen mögen und viele selber Haustiere halten.

»Außerdem passt die kleine Mieze mit ihrem Gipsbein doch geradezu perfekt zu eurer Aktion«, meint er – und nur drei Blitzsekunden später fällt mir dann auch endlich der passende Slogan dafür ein.

»Eine Mütze für Nachbars Mieze!«, schießt es geradezu aus mir heraus.

»Yes!«, freut sich Anna und wir schlagen triumphierend unsere Hände aneinander.

Stolz blicken wir auf unseren Blog: Er sieht ein bisschen rockig aus – also so wie ich, aber auch ein bisschen mangoeisgelborange – so wie Anna. Und der Aufruf für unsere ganz besondere Aktion steht jetzt gleich ganz oben:

Eine Mütze für Nachbars Mieze

Am Samstag, den 24. August, steigt der große Benefiz-Bazar. Wir wollen Geld einnehmen für kranke und verletzte Tiere, deren Herrchen und Frauchen sich eine tierärztliche Behandlung nicht leisten können. Bitte bringt eure selbst gemachten Mützen bis 10 Uhr vormittags ins *Dress 'n Veggies* auf der Leopoldstraße. Der Erlös der verkauften Käppis kommt zu 100% den Tieren zugute. Wir freuen uns auf Euch!

Eure Emely und Anna

Von Pops gibt es ebenfalls großes Lob. »Der beste Blog der Welt«, tönt er. »Ich habe nie einen besseren gesehen.«

»Wahrscheinlich hast du vorher noch überhaupt keinen gesehen«, spekuliere ich.

Mein Vater ist nämlich nicht unbedingt ein Internet-Fan. Er nutzt es, wo immer es ihm sinnvoll erscheint, und das ist nicht besonders häufig der Fall.

»Man sollte vorsichtig mit der Veröffentlichung seiner Daten sein«, betont er auch jetzt wieder. »Es ist nie gut, wenn man zu viele fremde Menschen zu viel über sich wissen lässt.«

»Ach ja, aber unser Blog gefällt dir trotzdem«, flachse ich.

»Sind ja auch meine Fotos drin«, meint Pops grinsend. »Apropos Fotos: Ich würde dir jetzt gerne noch erzählen, was mich ausgerechnet an die Nordsee verschlagen hat«, setzt er nach kurzem Zögern hinzu. »Ich glaube nämlich, es wird dir gefallen.«

»Na gut«, startet Anna einen weiteren Versuch. »Ich geh dann besser mal …«

»Aber nur, wenn du musst«, hält Pops sie abermals zurück. »Meinetwegen wäre es nämlich nicht nötig.«

»Okidoki«, sagt Anna und lässt sich wieder auf ihren Stuhl fallen. »Es ist ja nicht so, dass es mich gar nicht interessiert.«

»Fein.« Mein Vater lächelt erst sie und dann mich an. »Genau wie in eurem Blog geht es nämlich auch hierbei um Tiere.«

Hört! Hört! Und schon spitze ich gespannt die Ohren.

»An der Nordsee gibt es ein riesiges Naturschutzgebiet, den Wattenmeer Nationalpark. Dort werde ich zusammen mit einem Biologen eine Reportage über Seehunde und Wasservögel erarbeiten«, erzählt Pops und seine Augen fangen an zu leuchten. »Das ist übrigens auch der Grund gewesen, weshalb ich letztens im Tierpark war. Dort habe ich Robben, Lach- und Silbermöwen und sogar einen Seeadler fotografiert.«

»Aha«, sage ich. »Und wozu?«

»Um den Unterschied des Verhaltens dieser Tierarten in ihrem natürlichen Lebensraum und in Gefangenschaft zu dokumentieren.«

Das ist doch nichts Neues, denke ich trotzig.

»Und deshalb werde ich für eine Weile von hier wegziehen«, fährt mein Vater fort. »Wenn wir die Tiere im Wattenmeer nämlich nicht über einen längeren Zeitraum beobachten und fotografieren, werden wir wohl kaum eine aussagekräftige Reportage ...«

Moment mal – *eine Weile*?

»Nicht für immer?«, unterbreche ich ihn mit klopfendem Herzen.

»Zumindest ist es nicht so geplant«, sagt Pops und streicht mir flüchtig über die Wange.

O Mann, das stellt die Dinge ja total auf den Kopf und bringt mich auf einen ganz neuen Gedanken.

»Heißt das etwa, du hast dich wegen dieses Wattenmeer-Jobs von Moms getrennt?«

Ich sehe, dass Pops kurz davor ist, die Augen zu verdrehen, doch er reißt sich zusammen.

»Ich verstehe«, sage ich schnell, bevor er mir eine Ach-Gott-was-bist-du-bloß-für-ein-dummes-Kind-Erklärung liefern kann. »Es hat sich einfach passend so ergeben. Toll! Das ist echt schön für dich.«

Pops guckt mich an und ich gucke zurück. Meine Augen brennen, aber ich werde ganz sicher nicht heulen.

»Es tut mir auch weh, Prinzessin«, sagt er nach einer Weile. »Ich kann dir gar nicht sagen, wie sehr.« Er gibt einen langen tiefen Seufzer von sich, dann nimmt er seine Kamera und öffnet die Zimmertür. »Wir sehen uns«, sagt er und lächelt mir zum Abschied noch einmal matt zu.

Kaum hat er die Tür hinter sich geschlossen, flenne ich los.

»Och, Mensch«, sagt Anna. Sie legt mir ihre Arme um den Hals und drückt mich an sich. »Es wäre so viel einfacher, wenn dein Vater sich richtig mies verhalten würde, aber leider tut er das nicht. Ich finde sogar, er schlägt sich ganz gut.«

Bevor ich mich für die Nacht fertig mache, schreibe ich noch kurz mit Jonathan. Ich erzähle ihm von unserem Blog, den Plänen meines Vaters und dass Anna sich am Ende quasi noch auf seine Seite geschlagen hat.

Ich finde, es gibt da keine zwei Seiten, antwortet Jona. *Ihr gehört doch noch immer zusammen. Außerdem geben sich deine Eltern große Mühe, dir und Teo die Trennung so leicht wie möglich zu machen.*

Ach, dem macht das doch sowieso nichts aus, tippe ich.

Wenn du dich da mal nicht irrst, kommt es von Jona. *Dein Bruder geht damit bloß anders um.*

Ja, ja, halte du jetzt nur zu Teo, erwidere ich.

Hallo!!! :-(

Sorry, war nicht so ernst gemeint, schreibe ich schnell zurück und wechsele dann das Thema. *Anna hat mir übrigens nichts verraten.*

Wovon redest du? :P, fragt Jona.

Jetzt tu mal nicht so!

Also, aus mir kriegst du auch nichts raus, erscheint sein

Kommentar auf dem Display. *Also versuch es gar nicht erst.*

Alles klar! Dann werde ich mich eben gedulden müssen, möglicherweise erfahre ich es sogar nie.

Hast du eigentlich schon was von Dennis gehört?, erkundige ich mich.

Als ob der sich freiwillig bei mir melden würde!

Natürlich nicht, pflichte ich Jona bei. *Aber es hätte ja sein können, dass du ihn zufällig getroffen hast oder dir irgendwie etwas zu Ohren gekommen ist.*

Nein, Em, in letzter Zeit habe ich weder ihn noch die kleine Marcie gesehen. Allerdings habe ich etwas anderes getan.

Oh! Und was?

Noch mal mit meiner Mutter drüber gesprochen.

Und was hat sie gesagt?, tippe ich.

Dass sie sich kümmern wird, erwidert Jonathan.

Und? Hat sie?

Jep. Sie war zuerst bei Dennis' Mutter und dann beim Jugendamt, schreibt Jona. *Die Dinge gehen jetzt also ihren Gang.*

Gut, denke ich. Zumindest hoffe ich das.

Was ist bloß mit Anna los?

Fünf Tage später, am Mittwoch, den 21. August, nimmt Annas Mutter Missie H. den Verband ab. Das Bein ist dünn und nahezu unbehaart, aber die Knochen sind gut verheilt und meine kleine Katze ist quietschfidel und hat nur Unsinn im Kopf. Als wir wieder zu Hause sind und sie ihren Transportkorb verlassen hat, fällt sie als Erstes über Hulk her und jagt ihn kreuz und quer durchs ganze Haus. Danach ist Moms' Sisalteppich dran, der nach allen Regeln der Kunst mit Krallen und Zähnen bearbeitet wird. Sowohl der Kratzbaum, den Pops mittlerweile angeschleppt hat, als auch das Spielzeugsortiment, bestehend aus Fellmäusen, Flummis und Klingelbällchen, interessieren sie nicht die Bohne.

»Deine Kampfmaschine gehört hinter Gitter«, befindet Teo, krallt sich seinen Hulk und bringt ihn in seinem Zimmer in Sicherheit.

»Dein Bruder hat recht«, meint Anna lachend. »Vielleicht solltest du sie in Missie M. umtaufen.«

Ich sehe sie fragend an. »Missie M.? Was soll das bedeuten?«

»Missie Monster natürlich!«, ruft sie und flitzt davon, ehe ich ihr freundschaftlich eine wischen kann.

Ich schnappe mir das Kätzchen und folge Anna ins Bastelzimmer. Die brombeerviolette Häkelmütze ist inzwischen fertig. Im Moment arbeitet meine Freundin an einer mangoeisgelborange-tomatenrot-geringelten Strickmütze. Ich habe eine eckige Kappe aus knallblauem Kunstpelz und eine Art Barett aus dunkelgrünem Filz genäht. Für die Pelzmütze habe ich als besonderen Hingucker eine pinkfarbene Fantasie-Stoffblume gefertigt, und das Barett bekommt heute eine dicke Bommel aus verschiedenfarbigen Wollresten.

Missie H. spielt eine Weile mit den Stoffresten, die überall über dem Boden verstreut liegen, und klettert schließlich in einen Karton voller Papierschnitte, in dem sie nach minutenlangem Gewusel und Geraschel schließlich erschöpft einschläft.

Inzwischen lese ich die neuesten Kommentare in unserem Blog.

»Es haben schon über zwanzig Mädels fest zugesagt«, teile ich Anna mit. »Und es werden immer mehr.«

»Toll«, sagt meine Freundin.

Begeistert klingt allerdings anders.

»Was ist los?«, frage ich.

»Nix.«

»Glaub ich nicht«, gebe ich leise seufzend zurück. »Hat es vielleicht mit deiner geheimnisvollen Entscheidung zu tun?«

»Mhmh.« Sie schüttelt den Kopf.

»Oder mit dieser komischen Pferde-Laura?«

Über die hat Anna nämlich kein einziges Wort mehr verloren, was mir sehr recht war und weshalb ich das Thema meinerseits bisher auch nicht angesprochen hatte.

Jetzt zuckt Anna mit den Schultern. – Also Volltreffer!

»Was ist mit ihr?«, frage ich. »Meldet sie sich nicht mehr?«

»Bingo.« Meine Freundin pfeffert ihr Strickzeug auf den Tisch und zieht eine Grimasse. »Sie ist nicht einmal mehr im Chat.«

»Aber du weißt doch, wo sie wohnt«, entgegne ich.

»Ja, aber da gehe ich ganz bestimmt nicht vorbei«, brummt Anna und tippt sich an die Schläfe. »Ich latsch ihr doch nicht hinterher.«

Umso besser!, frohlocke ich bei mir. »Sie ist sowieso ein bisschen zu alt für dich«, rutscht es mir heraus.

»Ph«, macht Anna. »Aber dein Jonathan wohl nicht, was?«

»Er ist ein Junge. Die hinken uns Mädels immer etwas hinterher. Außerdem ist er nicht *mein* Jonathan«, bekräftige ich. »Übrigens: Meine Mutter hat mich erfolgreich vom Abenteuercamp abgemeldet. Sie hat sogar die Anmeldegebühr zurückerstattet bekommen. Wir haben also die ganzen Herbstferien für uns.«

»Gut«, sagt Anna, aber auch das hört sich nicht besonders fröhlich an.

Annas Laune steigt erst wieder am nächsten Vormittag in der Deutschstunde, als Frau Schnacke unseren Blog überschwänglich lobt.

»Ihr habt nicht nur eine sehr schöne Idee gehabt, sondern seid auch ein Vorbild für eure Mitschüler, indem ihr einen hohen qualitativen Anspruch vorgebt«, erklärt sie strahlend.

Sofort grient Julius angestrengt zu uns herüber und reckt beide Daumen in die Höhe.

Er und Jannik haben ebenfalls einen Blog eingerichtet, in dem es um die Geschichte der Comics geht.

»Eigentlich ein cooles Hobby«, meint Anna am Ende der Stunde und schielt nun ihrerseits zu Julius hin. »Ich wusste gar nicht, dass ihn das interessiert.«

»Also, erstens finden fast alle Jungs Comics toll«, entgegne ich. »Da sind nämlich mehr Bilder als Buchstaben drin, wenn du verstehst, was ich meine …«

»Klar«, murmelt Anna, während ihr Blick weiter auf Julius klebt.

»… und zweitens interessiert mich echt am allerwenigsten, wofür Mister Große-Klappe sich so interessiert«, fahre ich unbeeindruckt fort.

»Hmmm, eigentlich ist dieser Wirbel in seinem Pony ziemlich süß, oder?«, säuselt Anna.

»Sag mal … Bist du noch ganz klar in der Birne?«, frage ich und mustere sie besorgt.

Endlich reißt sie sich von Julius los und sieht mich an. In ihren Augen liegt ein komischer Glanz, der mir noch nie bei ihr aufgefallen ist und der mich auf der Stelle in höchste Alarmbereitschaft versetzt.

»Wiesoho?«

»Das fragst du nicht im Ernst«, knurre ich, fasse sie bei den Schultern und rüttele sie hin und her, in der Hoffnung, dass auf diese Weise ihre Gehirnzellen wieder an den richtigen Platz zurückflutschen. »Bitte, tu mir einen Gefallen, und komm in unsere alte Welt zurück.«

»Hä?«, macht Anna, dann lacht sie plötzlich schallend los.

Zum Glück ist außer ein paar Jungen (Julius inklusive) niemand mehr im Klassenraum.

»Aber *ich* bin dir peinlich, ja?«, zische ich, doch Anna gackert ungerührt weiter.

»Mann, du bist ja echt drauf reingefallen«, freut sie sich, nachdem Julius und der Rest der Bande den Klassenraum ebenfalls verlassen haben.

»Was meinst du damit?«, frage ich irritiert.

»Meine Schauspielkünste, natürlich!«

»Wie bitte, Schauspielkünste?« Ich deute einen Vogel an. »Das wüsste ich aber!«

»Eben nicht.« Anna zurrt die Schnalle ihres meerblautürkisen Rucksacks zu und schmollt. »Ich hab das tagelang vor dem Spiegel geübt«, gibt sie vorwurfsvoll zurück.

»Was?«

»Na, verliebt gucken.«

»Wozu denn das?«

»Einfach so«, will sie mir weismachen. »Weil ich vielleicht Schauspielerin werden will.«

Ach nee! Das ist ja das Allerneueste! Und offenbar ist ihr nicht klar, was sie damit gerade angerichtet hat.

»Du hast nicht einfach bloß verliebt geguckt«, werfe ich ihr vor. »Du hast *Julius* verliebt *an*geguckt!«

»Genau das war ja der Sinn der Sache«, erwidert sie.

Ich verstehe nur noch Bahnhof. Exakt ausgedrückt: Ich verstehe die Welt nicht mehr.

»Jetzt schau nicht so blöd«, sagt Anna und stupst mich in die Rippen. »Wenn du deine grauen Zellen ein bisschen anstrengen würdest, kämst du vielleicht sogar von selbst dahinter.«

Dummerweise regt mich die Geheimniskrämerei meiner

Freundin aber so sehr auf, dass ich nicht nachdenken kann und die erhoffte Erleuchtung daher ausbleibt.

»Du gehst mir ganz schön auf den Geist, weißt du das eigentlich?«, knurre ich, hole meinen Pausenapfel aus der Umhängetasche und stapfe auf den Gang hinaus.

»Emely, jetzt warte doch mal!«, ruft Anna.

Ich vernehme ihre schnellen Schritte hinter mir und einen Atemzug später schließt sie zu mir auf.

»Schauspielern bedeutet in eine Rolle schlüpfen«, erklärt sie mir keuchend.

»Das weiß ich«, sage ich ungeduldig. »Und?«

»Man spielt jemandem etwas vor, das gar nicht vorhanden ist«, setzt sie hinzu.

»Pah! Es wäre ja wohl auch noch schöner, wenn du tatsächlich in Julius verliebt wärst!«, entgegne ich.

»Aber du musst doch zugeben, dass es wirkt«, meint sie und ein triumphierendes Grinsen breitet sich auf ihrem Gesicht aus. Ich bilde mir sogar ein, ihre Sommersprossen vor Vergnügen tanzen zu sehen. »Julius denkt es … und du wärst beinahe ebenfalls darauf reingefallen.«

»Das ist ja alles wunderbar«, blaffe ich. »Es ist mir nur völlig schleierhaft, wozu das gut sein soll. Findest du es etwa toll, wenn Julius dir hinterherschmachtet?«

»Quatsch!« Meine Freundin schüttelt energisch den Kopf. »Die Idee dahinter ist einfach, dass man so andere Leute dazu bringen kann, Dinge zu tun, die sie normalerweise nicht täten.«

»Tut mir leid. Aber das ist mir zu hoch.«

»Du, zum Beispiel«, meint Anna. »Du bist gerade auf hundertachtzig, obwohl du genau genommen überhaupt keinen Grund dazu hast.«

»Das kann man auch anders sehen«, erwidere ich. »Wenn du aufhören würdest, in Hieroglyphen zu reden …«

»Hieroglyphen sind Schriftzeichen«, fällt sie mir ins Wort. »Die kann man nicht spre...«

»Ja, ja«, seufze ich und beschließe, es dabei zu belassen.

Alles andere erscheint mir sinnlos. Denn je knurriger ich werde, desto fröhlicher wirkt meine Freundin.

»Keep cool«, meint sie und kneift mich versöhnlich in den Arm. »Wart's einfach ab und gönn es mir, dass ich auch mal eine gute Idee hatte.«

Welche Idee?, denke ich verwirrt. Und: Wer sagt denn, dass ich ihr das nicht gönne und immer alles nach mir gehen muss? – Das zumindest frage ich mich und diese Sache beschäftigt mich ganze zwei Tage.

Findest du, dass ich bestimmend bin?, erkundige ich mich schließlich bei Jonathan. *Dass ich immer alles am besten weiß und andere neben mir deswegen vielleicht sogar weniger toll dastehen?*

Um wen geht es denn?, fragt er zurück.

Ups! Volltreffer!

Um Anna, tippe ich.

Wie es aussieht, kann ich Jona sowieso nichts vormachen.

Was willst du denn hören? Dass ich sie toll finde und sie dir in nichts nachsteht?

Keine Ahnung.

Sag einfach die Wahrheit!, bitte ich ihn.

Ganz ehrlich: Ich kenne sie viel zu wenig. Ich finde allerdings, dass sie zurückhaltender ist als du. Du packst die Dinge an, während sie eher beobachtet.

Puh!

Du bist ganz schön klug :-), lobe ich ihn.

Na ja, irgendwelche Qualitäten muss ich schließlich auch haben ;)

Ach Jona, wenn ich dich nicht hätte!

Jonathans Worte haben mich nachdenklich gemacht, und jetzt frage ich mich, ob ich mich Anna gegenüber in Zukunft anders verhalten soll als bisher. Ich weiß nicht einmal, ob ich das könnte. Schließlich spiele ich nicht bewusst die erste Geige. Es passiert einfach.

Anna denkt ein bisschen mehr nach als ich, bevor sie etwas tut. Das finde ich manchmal etwas lästig, im Großen und Ganzen aber in Ordnung. Wir sehen eben nicht nur total verschieden aus, sondern wir sind es auch. Was allerdings eine altbekannte Tatsache ist. Und deshalb kapiere ich auch nicht, warum Anna nun plötzlich so einen Zauber veranstaltet. Inzwischen sind es schon zwei Dinge, über die sie nicht (oder noch nicht) mit mir reden will. Das hat es in den vier Jahren, in denen wir miteinander befreundet sind, noch nicht gegeben – und das nervt. Insbesondere, weil ich nichts tun kann, außer es hinzunehmen oder sauer auf Anna zu sein.

Letzteres bringt überhaupt keinen Spaß. Sowieso und im Moment vor allem wegen unserer bevorstehenden Mützen-Aktion nicht. Also mache ich gute Miene zum blöden Spiel und tue so, als ob zwischen uns alles tipptopp paletti wäre.

Und so kommt es, dass ich nach außen hin ungerührt (innerlich dagegen fast überkochend) dabei zusehe, wie Anna Julius noch zwei weitere Tage schöne Augen macht, und mir erst am Freitag kurz vor Schulschluss klar wird, dass es in der Jungsecke viel ruhiger geworden ist. Julius, Jannik, Mesut und Co. machen zwar noch immer ihre Faxen, das Ganze fällt jedoch sehr viel zurückhaltender aus. Und was das Beste ist: Niemand macht sich mehr über Maylins buntes Strich- und Tupfengesicht lustig.

Logisch, dass ich Anna sofort darauf anspreche und mich erkundige, ob Maylin der Grund für ihr belämmertes Verliebtheitsgetue ist.

»Nicht nur«, erwidert sie. »Eigentlich ist das bloß ein angenehmer Nebeneffekt.« Sie druckst noch ein bisschen herum, bis sie endlich mit der Sprache herausrückt. »Ich finde, es ist besser, wenn Julius mich anschmachtet als dich.«

Ich glaub, ich hab was an den Ohren!

»Und mir wäre es am liebsten, wenn er es ganz ließe«, stelle ich klar.

Ohnehin finde ich, dass meine Freundin es übertreibt. Okay, in den letzten Tagen hat Julius mir erwartungsgemäß ein wenig am Hacken gehangen. Dabei ging es allerdings nur um Fragen zu seinem und Janniks' Blog. Er hat halt ein paar Tipps gebraucht. Na und? Sobald dieses Thema im Deutschunterricht abgeschlossen ist, wird er sich schon wieder zurückhalten.

Anna sieht das jedoch völlig anders.

»Er hat einen Narren an dir gefressen«, sagt sie nüchtern. »Und weil dir das früher oder später auf den Senkel geht und du ihm deswegen womöglich noch eine reinhauen würdest …«

»Du spinnst ja wohl! Ich bin doch nicht gewalttätig!«

»Oder so ähnlich«, schränkt sie achselzuckend ein. »Jedenfalls wäre es ziemlich blöd und würde alles vermasseln.«

Hä?

»Was denn vermasseln?«

»Überraschung«, meint Anna nur und schon stehe ich komplett ohnmächtig vor dem nächsten großen Geheimnis.

Mützen und mehr

Glücklicherweise gibt es vor unserem großen Aktionstag morgen noch so viel zu erledigen, dass mir keine Zeit bleibt, mir über Annas Verhalten weiter den Kopf zu zerbrechen.

Nach dem Pfannekuchenessen bei Oma und Opa Berlin rolle ich auf meinem Skateboard zum Optiker, um meine Brille abzuholen. »Du bist zwar nur minimal kurzsichtig, trotzdem wirst du den Unterschied merken«, erklärt Frau Lohnsen mir. »Anfangs wird es noch ungewohnt sein und dir falsch vorkommen, aber nach ein paar Tagen hast du dich daran gewöhnt. Bis dahin solltest du die Brille besser ausschließlich zu Hause und in der Schule tragen.«

Wunderbar, denke ich, bedanke mich für ihren Ratschlag und stecke das schwarze Brillenetui samt Inhalt in meine Umhängetasche, wo es nicht ganz unabsichtlich erst einmal in Vergessenheit gerät.

Zu Hause häkele ich noch rasch meine vierte und letzte Mütze fertig. Das Garn besteht aus bunt bedruckten Stoffstreifen, die ich in mühsamer Kleinarbeit selbst geschnitten habe und die ich mit einer extra dicken Nadel verarbeiten muss. Die Enden verknote ich zu dekorativen Schleifchen.

Um halb sechs steht Anna auf der Schwelle. Wir packen unsere Mützen zusammen und machen uns auf ins *Dress 'n Veggies*, wo Moms und Gunter bereits einen extra großen Tisch aufgebaut haben, auf dem wir unsere Mützen zum Verkauf auslegen können.

»Schau mal hier, die hat Pops geschickt«, sagt meine Mutter und hievt eine Gestiefelter-Kater-Figur aus Kunststoff hinter dem Verkaufstresen hervor. Sie reicht Anna und mir bis zum Oberschenkel und hält praktischerweise eine Schiefertafel in den Vorderpfoten. *Eine Mütze für Nachbars Mieze*, schreibe ich mit einem Kreidestück darauf. Anschließend platzieren wir den Kater in der Mitte des Tisches.

»Genial!«, jubelt Anna und diesmal ist sie diejenige, die Luftsprünge macht. Doch ich hole sie in wenigen Sekundenbruchteilen wieder auf die Erde zurück.

»Flyer!«, rufe ich. »Wir hätten Flyer drucken sollen.«

»Das könnt ihr doch immer noch«, erwidert Moms, drückt mir ihr iPad in die Hand und zeigt auf den Drucker, der in einem kleinen Büro-Nebenraum steht.

Eine Dreiviertelstunde später liegen fünfhundert sonnengelbe Din-A4-Zettel bereit.

Großer Benefiz-Basar!!!

»Eine Mütze für Nachbars Mieze«

Wir verkaufen selbst gemachte Mützen, um Hunden, Katzen, Kanarienvögeln und Kaninchen zu helfen, deren Herrchen und Frauchen sich eine tierärztliche Behandlung nicht leisten können. Nur am Samstag, den
24. August, von 10 Uhr bis 14 Uhr im »Dress 'n Veggies«.
Der Erlös kommt zu 100% den Tieren zugute.

Stolz wie Oskarine und ziemlich aufgeregt gehen wir an diesem Abend ins Bett. Anna übernachtet bei mir, und das Gute ist, dass Teo im Gegenzug bei Hannes schlafen darf. Wir können also sicher sein, dass mein Bruder keinen nächtlichen Überfall plant.

Trotzdem kriegen wir lange Zeit kein Auge zu. Ob wohl alles klappt und wirklich jedes Mädchen, das uns eine Mütze zugesichert hat, auch wirklich rechtzeitig erscheint?

»Was machen wir bloß, wenn wir morgen mit unseren eigenen läppischen paar Mützen dastehen?«, frage ich.

»Ach, das passiert schon nicht«, meint Anna optimistisch und lenkt das Thema dann auf meine Großeltern und Oma Berlins Lottogewinn.

»Hat sie dir und Teo eigentlich davon etwas abgegeben?«, erkundigt sie sich.

»Uns allen, glaube ich«, sage ich und erzähle meiner Freundin von unserem seltsamen Familientreffen vor zwei Wochen im *Dress 'n Veggies* und dem Umschlag, den meine Oma mir vor meinem überstürzten Abgang mitgegeben hatte.

»Und du hast noch nicht nachgesehen, was drin ist?« Anna ist völlig aus dem Häuschen. »Oh Mann, das würde ich ja gar nicht aushalten. Nicht mal Teo hat es dir unter die Nase gerieben?«, fragt sie fassungslos.

»Er weiß doch gar nicht, dass ich nicht reingeschaut habe«, gebe ich achselzuckend zurück.

»Dann machst du es eben jetzt«, befiehlt Anna, aber ich schüttele den Kopf.

»Och bitte!«, quengelt sie. »Wieso denn nicht?«

»Weil … ach, keine Ahnung … Irgendwie komme ich mir

vor, als würde ich gekauft werden. Immerhin ist Oma Berlin Pops' Mutter.«

»Jetzt hör aber auf, Emely«, weist Anna mich zurecht. »Das ist totaler Blödsinn. Niemand will dich kaufen. Deine Oma schon gar nicht. Sie hat einen Haufen Geld gewonnen und möchte dir – und allen anderen! – eine Freude machen. Es ist ein Geschenk. Genauso wie Hulk, das ganze Katzenzubehör und der gestiefelte Kater. Und das hast du ja auch angenommen ... obwohl es *direkt* von deinem Vater gekommen ist«, fügt sie fast ein bisschen spöttisch hinzu.

Ich weiß ja, dass sie recht hat. Und eigentlich bin ich mittlerweile nicht einmal mehr richtig böse auf Pops. Ich will ihm das einfach nur noch nicht zeigen.

»Okay«, gebe ich nach. »Ich schau rein. Aber nur, wenn du mir verrätst, was es mit deiner bekloppten Julius-Überraschung und dieser Entscheidungssache zwischen Jonathan und dir auf sich hat.«

»Ph!«, macht Anna. »Ich lasse mich doch nicht erpressen. Dafür freue ich mich viel zu sehr auf dein Gesicht morgen.«

Kurz darauf ist sie mit einem geheimnisvollen Lächeln um die Mundwinkel eingeschlafen. – Während ich nun erst recht putzmunter bin.

Ich warte eine Weile, bis Annas Atemzüge tief und gleichmäßig sind, dann hebe ich vorsichtig die Bettdecke an und husche zu meinem Schreibtisch hinüber. Leise ziehe ich die oberste Schublade heraus und greife nach dem weißen Umschlag.

Er enthält eine Klappkarte, auf der Dagobert Duck auf einem Haufen Goldmünzen thronend abgebildet ist. Als ich sie öffne, flattern mir fünf druckfrische grüne Hunderteuroscheine in den Schoß.

Meine liebe Emely, schreibt Oma Berlin,
bitte erfülle dir einen Herzenswunsch!
Zusätzlich habe ich noch eine kleine Summe für deine Ausbildung angelegt. Darüber kannst du verfügen, sobald du die Schule beendet hast. Vielleicht willst du ja auch für ein paar Monate ins Ausland gehen.

Puh! Hastig stopfe ich alles wieder in den Umschlag und die Schublade und schlüpfe ins Bett zurück.

Oh mein Gott, fünfhundert Euro! So viel Geld in echten Scheinen habe ich noch nie besessen. Und auf einmal bin ich richtig froh, dass Anna mich überredet hat, nachzuschauen. Ich fühle mich, als könnte ich mir hundert Herzenswünsche erfüllen.

Als ich am nächsten Morgen die Augen aufschlage, kann ich es kaum erwarten, Anna alles zu erzählen. Zusammen stellen wir uns unter die kalte Dusche, damit wir richtig wach werden und währenddessen zählt Anna auf, was ich mir von dem Geld alles kaufen könnte.

»Zehn Kilo Nieten, Perlen, Bänder und Garne. Mindestens! Oder tausend einfache schwarze T-Shirts, die du in echte Kunstwerke verwandeln könntest!«, sprudelt es aus ihr hervor. »Oder von beidem die Hälfte. Aber gib bloß nicht alles auf einmal aus!«, schließt sie und wir fallen einander kichernd um den Hals.

Nach dem Haareföhnen schlüpfe ich in frische Jeans, das Teo-Shirt mit den Sicherheitsnadeln und meine geliebten Dr. Martens und kröne das Ganze, indem ich einen schillernden Silberfaden in meinen Seitenzopf einflechte und mir eine Schirmmütze aus glänzendem schwarzen Satin auf den Kopf pflanze.

Anna stylt sich von Kopf bis Fuß in Meerwasserblau- und Seewassergrüntürkis. Und dann geht es endlich los.

Um kurz nach acht erreichen wir zusammen mit Moms das *Dress 'n Veggies*, wo Rosie uns mit Fruchtsalat und einem köstlichen Hirsemüsli begrüßt, und ab kurz vor neun betreten die ersten Mädchen beinahe schüchtern den Laden. Die meisten sind nicht viel älter als wir und sie alle haben superschöne Käppis gestrickt, gehäkelt oder genäht.

Anna und ich kommen aus dem Jubeln gar nicht mehr heraus und wir bedanken uns bei jeder Mützenspenderin mit einer ebenfalls von Rosie zubereiteten veganen Bananen-Aprikosen-Praline.

Die Mützen und Kappen legen wir auf dem vorbereiteten Tisch aus. Eine ganz besonders hübsche, die aus lauter einzeln gehäkelten bunten Spitzenrosetten besteht, setzen wir dem gestiefelten Kater auf den Kopf. Um halb zehn ist der Tisch randvoll. Meine Bedenken, dass die Mädels uns im Stich lassen könnten, sind also völlig überflüssig gewesen.

Ich freue mich so sehr, dass ich mich für ein paar Minuten zum Rumhüpfen in den Nebenraum verziehen muss. Auf gar keinen Fall will ich Anna heute auf den Nerv gehen.

Um zehn schnappe ich mir die Handzettel und stelle mich damit nach draußen vor die Tür. Jedem, der ein bisschen tierlieb aussieht, halte ich einen Zettel hin und im Nullkommanix sind alle fünfhundert Exemplare unter die Leute gebracht.

Manche lassen sich gleich anlocken, die meisten gehen jedoch weiter, einige versprechen allerdings, später auf jeden Fall noch mal vorbeizuschauen.

Zuerst macht mich das ziemlich mutlos, als ich aber eine knappe Stunde später das *Dress* wieder betrete, haut es mich fast aus den Schuhen. Der Tisch ist zu fast zwei Dritteln abgeräumt, im ganzen Laden drängeln sich so viele Menschen wie sonst nicht und sogar die Plätze im Veggies sind nahezu alle besetzt.

»Das wird auch für deine Mutter ein gutes Geschäft«, begrüßt Anna mich strahlend und hält mir die Dose hin, in der wir den Mützenerlös sammeln.

»Schon fast dreihundert Euro«, raunt sie mir zu. »Manche Leute geben auch einfach so etwas, ohne eine Mütze zu kaufen.«

»Halt mich fest«, wispere ich und kralle meine Finger in Annas Bluse. »Sonst springe ich gleich bis an die Decke.«

Die Freude währt allerdings nicht lange, denn bereits um kurz nach zwölf sind sämtliche Mützen weggekauft.

»Was sagen wir denn jetzt bloß den Leuten, die noch kommen?«, jammere ich. »Auf den Handzetteln steht bis 14 Uhr.«

»Ach, die sind doch selber schuld«, meint Anna gleichmütig. »Sie hätten ja gleich …« Sie bricht ab, als ihr Blick zur Tür fällt. »Wow! Das passt ja perfekt«, sagt sie und dann grinst sie von einem Ohr zum anderen.

»Wieso? Was ist denn?«, frage ich, während ich mich ebenfalls der Tür zuwende – und mir vor Staunen die Unterlippe runterfällt.

»Guck nur weiter so«, kichert Anna. »Dann musst du deine Brille gar nicht mehr aufsetzen, um Julius zu vertreiben.«

Ups! Augenblicklich klappe ich den Mund wieder zu.

Unsere ganze Klasse mitsamt Frau Schnacke strömt herein. Julius, Jannik und Robin laufen vorne weg und kommen direkt auf mich zu.

»Bitte schön, Emely!« Stolz streckt Julius mir eine dunkelblaue Schirmkappe entgegen, die er mit unzähligen Wackelaugen verziert hat.

»Haha! Typisch Junge!«, rufe ich und freue mich so sehr, dass ich ihm fast um den Hals falle.

Doch zum Glück kriege ich im letzten Moment noch die Kurve und schlinge meine Arme stattdessen um Maylin, die den Stoff, aus dem ihre Kappe genäht ist, mit Textilfarben bemalt hat. Tupfen, Kringel und Streifen wirbeln hier wild durcheinander.

»Passt doch zu mir, oder?«, meint sie und deutet auf ihr Kinn, das gerade allerdings nicht einmal der kleinste bunte Filzstiftpunkt ziert.

Jeder unserer Klassenkameraden hat eine Mütze oder Kappe angefertigt und Frau Schnacke steuert sogar einen richtigen Filzhut bei.

»Das war Annas Idee«, sagt sie lächelnd. »Und es war recht leicht, mich und die Mädchen zu überreden. Wir sind nämlich alle ziemlich begeistert von eurem Blog und diesem Mützen-Basar. Nur die Jungs haben sich anfangs geweigert. Aber wie du siehst, haben sie sich am Ende ebenfalls breitschlagen lassen.«

Ha! Und ich weiß auch, wie meine Freundin das hingekriegt hat. Die Mittel waren zwar nicht ganz sauber, haben aber ihrem Zweck gedient. Das geschauspielerte Julius-Angeschmachte sei ihr also verziehen. Sollte sie jetzt allerdings Probleme mit ihm bekommen, ist das ganz allein ihre Sache. Dabei helfe ich ihr nicht … Na ja, oder vielleicht doch.

»Oh wow!«, stoße ich hervor. »Anna, du bist vielleicht eine! Machst hinter meinem Rücken solche Sachen!«

»Nicht nur solche«, gibt sie augenzwinkernd zurück, kommt aber nicht mehr dazu, mir das näher zu erläutern, denn in diesem Moment schneit Jonathan herein.

Und auch er bringt eine selbst gemachte Mütze mit. Sie ist aus schwarzem Leder, auf das er Kronkorken genietet hat. Ich bin völlig hin und weg. Es ist einfach sensationell, wie viel Kreativität unbemerkt in all den Menschen um uns herum schlummert!

Bis vierzehn Uhr sind sämtliche Mützen verkauft. Moms schließt den Laden und Anna, Jona und ich machen uns ans Geldzählen.

»Siebenhundertundzweiundvierzig Euro!«, jubele ich. »Das müssen wir sofort auf unserem Blog veröffentlichen. Und danach überlegen wir, wie wir einen Teil des Erlöses an Frau Roemer und Mecki bringen.«

»Nicht nötig«, entgegnet Anna. »Ist alles schon erledigt.«

»Wie jetzt?«, frage ich irritiert.

»Die Kastration einer weiblichen Katze kostet ungefähr sechzig Euro«, erklärt sie, nimmt drei Zwanziger aus der

Dose und steckt sie in einen frankierten und an Frau Roemer adressierten Briefumschlag. »Ich habe die Visitenkarte von unserer Tierarztpraxis dazugelegt und *für Minka* darauf notiert. Vorschreiben können wir Frau Roemer natürlich nichts.«

Ich nicke. »Bloß hoffen, dass sie das Richtige mit dem Geld macht.«

»Und genauso verhält es sich mit Mecki«, fährt meine Freundin fort und zieht nun ein etwas größeres Luftpolster-Kuvert hervor. »Hier drin sind Augensalbe, Sprühpflaster und ein Vitaminpräparat. Alles zusammen hat einen Wert von dreiundzwanzig Euro.«

»Aber wir wissen doch gar nicht, ob Mecki überhaupt noch …«

»Doch, wissen wir«, unterbricht Jonathan mich. »Ich bin bei Dennis zu Hause gewesen. Er selbst war nicht da, aber ich habe kurz mit seiner Mutter gesprochen. Eine Frau vom Jugendamt kümmert sich jetzt um die Familie. Sie bleiben in ihrer Wohnung und können Mecki behalten.«

Ich stöhne erleichtert auf. »Na wunderbar! Das mit den Medikamenten finde ich klasse.«

»Apropos klasse«, sagt Anna und nun strahlt sie mich richtig an. »Das mit deiner Abmeldung vom Wildcamp hat nicht geklappt …«

»Aber …?«

»Dafür war es überhaupt kein Problem, mich anstelle von Jonathan anzumelden.«

»Oah!« Ich richte meinen Finger zuerst auf Jona und dann auf meine Freundin. »Darüber habt ihr also telefoniert!«

»Genau«, sagt Anna und fliegt mir in die Arme. »Und die Entscheidung ist mir übrigens überhaupt nicht schwergefallen.«

Unfasslich, was meine besten Freunde da miteinander ausgeheckt haben! Ich könnte schreien vor Glück und finde es auf einmal überhaupt nicht mehr schlimm, dass die beiden mich so lange haben zappeln lassen.

planet girl

Super LUNA *im Einsatz*

Hortense Ullrich
Lesegören
Für alle Fälle – Luna
192 Seiten · Gebunden
ISBN 978-3-522-50457-7 ebook

Wo immer Luna jemanden in Not sieht oder ein Problem wittert, ist sie zur Stelle. Ist doch klar! Nur leider weiß das meist niemand zu schätzen. Dass ihre Hilfsaktionen ab und an im mittleren Chaos enden – dafür kann sie ja schließlich nichts! Auch als ihre beste Freundin dringend eine Oma und einen Opa für den Großelterntag an der Schule braucht, hat Luna sofort einen Plan parat: Bestimmt können sie sich ein paar rüstige Senioren aus dem Altenwohnheim ausleihen …

PLANET GIRL
Meine Welt voller Bücher!

www.planet-girl-verlag.de

Immer was los bei den GIRLS

planet girl

Bianka Minte-König
Lesegören
Wo geht's lang, Girls?
224 Seiten · Gebunden
ISBN 978-3-522-50447-8 ebook

Seit Lottes Eltern getrennt leben, hat sie fast alles doppelt: zwei Zimmer, zwei Haustiere, zwei Kleiderschränke ... und sogar zwei beste Freundinnen. Hanna und Stine beneiden sie zwar um ihr geniales Doppelleben, unterstützen sie aber tatkräftig beim Projekt zur Wiedervereinigung ihrer Eltern. Das neue Schuljahr beginnt allerdings mit einem Paukenschlag: Die neue, geheimnisvolle Mitschülerin Céline gibt den GIRLS Rätsel auf. Neugierig spionieren sie ihr nach und Lotte macht eine faszinierende Entdeckung ...

PLANET GIRL
Meine Welt voller Bücher!

www.planet-girl-verlag.de

Mädchen
You only live once!
Jetzt bestellen
& Prämie sichern
mädchen.de/abo
Erlebe die ganze Mädchen-Welt:
Mädchen und alle Sonderhefte am Kiosk und als emag
mädchen.de • facebook.de/maedchen • instagram.com/maedchen_redaktion • twitter.com/maedchen_de